너에게서 온 봄

너에게서 온 봄

1판 1쇄 2022년 5월 12일

글 박지숙   **그림** 안병현

펴낸이 모계영   **펴낸곳** 가치창조
출판등록 제406-2012-000041호
주소 서울시 종로구 사직로 8길 34, 1104호(내수동, 경희궁의아침 3단지 오피스텔)
전화 070-7733-3227   **팩스** 02-303-2375
이메일 shwimbook@hanmail.net
ISBN 978-89-6301-276-6 43810

가치창조 공식 블로그 http://blog.naver.com/gachi2012
단비청소년은 가치창조 출판그룹의 청소년책 전문 브랜드입니다.

너에게서 온 봄

박지숙 글 ― 안병현 그림

단비청소년

　예전에 저에게 글쓰기를 배우던 남학생이 있었습니다. 글쓰기를 몹시 싫어하던 청소년 친구였는데, 그날은 무슨 일인지 A4 용지 하나 가득 글을 써 와서 제게 교정을 부탁했습니다. 가져온 글은 연애편지였습니다. 지금은 오래되어 어떤 내용인지 기억도 나지 않지만, 부끄러움을 무릅쓰고 제게 글을 내밀던 소년의 상기된 얼굴은 여전히 기억이 납니다.

　그 소년은 며칠 후 "선생님, 개도 절 좋아한대요. 진짜로요!"라고 말하며 제 앞에서 기쁨의 눈물을 흘렸답니다. 사랑에 빠진 소년의 얼굴이 너무나 귀엽고 사랑스러워서 저는 축하한다는 말을 백 번도 더 한 것 같습니다. 누군가를 사랑한다는 건 정말 소중한 경험이고 축복이니까요.

하지만 그 친구의 사랑은 겨우 삼 개월 만에 막을 내렸습니다. 이별했다고 친구들 앞에서 담담하게 말하던 그 소년은 새벽녘에 이불을 뒤집어쓰고 아이처럼 엉엉 울었답니다. 그렇게 달콤했던 사랑이 가슴이 찢어질 것처럼 아픈 상처가 될 줄은 상상조차 하지 못했다면서요. 이별 후에 그 친구는 초콜릿이나 사탕을 마구잡이로 사다가 먹었답니다. 사랑의 쓴맛을 없애려고요.

인생이 전반적으로 뭐 하나 쉬운 일이 없지만, 사랑만큼 내 마음대로 안 되는 것도 없는 것 같습니다. 사랑은 계획하거나 목표를 정한다고 이뤄질 수 있는 일이 아니니까요. 하지만 그럴수록 우리는 사랑하는 법을 배워야 합니다. 자전거 타는 법을 배우는 것처럼 말이에요. 내 마음을 전달하는 법도, 상대방을 배려하는 법도, 심지어 이별을 견디는 법도요.

혹시 지금 여러분도 사랑에 빠져 있나요? 사랑하는 상대의 마음을 알 수 없어 밤잠을 설치고 있지는 않나요? 아니면 사랑하는 사람에게 마음을 전달할 용기가 나지 않나요? 사랑 때문에 고군분투 중이라면 이 책에 나오는 '이나와 현태', '준혁과 지우' 그리고 '지유와 하준'을 보며 여러분의 사랑을 시뮬레이션해 보는 건 어떨까요?

성에 관한 것도 마찬가지입니다. 지금은 사회가 많이 개방적이 되어 성에 관한 이야기가 넘쳐나지만, 청소년의 성에 대한 이야기는 여전히 금기시되고 있습니다. 학생 신분으로 성에 관한 이야기를 쉽게 내뱉을 수 없는 환경이다 보니 인터넷에 떠도는 가짜 정보에 의존하는 경우도 많습니다. 그래서 이 책의 '이나'처럼 전전긍긍하기도 합니다. 또 어떤 사악한 사람들은 사랑을 미끼로 어린 영혼을 갉아먹기도 합니다. 우석이가 짧은 순간 걸려든 '핫걸'처럼 말입니다. '이나'와 '우석'의 이야기가 여러분에게 도움이 되길 바랍니다.

  사랑은 겉으로 보기엔 매혹적이고 아름답지만 슬프기도 하고 쓸쓸하기도 합니다. 지금 어디선가 사랑 때문에 아파하는 친구들에게 이 글이 작은 위안이 되기를 바라며 여러분에게 보냅니다.

여러분의 사랑을 응원하며,

박지숙

차례

첫 번째 이야기 ——

3분

3분

이나는 탁상용 달력을 보며 한숨을 쉬었다.

이틀이 지났다.

'하루만 더 기다려 볼까? 기계처럼 딱딱 맞았는데…… 이런 일
은 거의 없었는데…….'

이나는 달력을 보며 배란일을 계산했다. '4일에서 9일'로 나왔
다. 조금은 안심이 되었다. 더 확실하게 알아보기 위해 인터넷에
들어가 배란일 계산법을 검색했다. 포털 사이트에 '배란'만 쳤는데
도 '배란일 계산법'이 곧장 떴다. 많은 사람이 찾는 검색어라는 것
에 놀랐다. 이나는 바로 지난달 생리 날짜와 생리 주기를 넣었다.

'26일에 시작해서 29일에 끝났으니까……. 생리 주기는 어떤
달은 28일이거나 어떤 달은 30일인데. 그럼 29일로 할까?'

이나는 필요한 정보를 모두 입력한 뒤, 눈을 질끈 감고 엔터키를 눌렀다.

'제발 그날이 포함되지 않게 해 주세요!'

이나는 누군가에게 애원하듯 기도하고 나서 다시 조심스럽게 눈을 떴다.

'4일-13일'

숫자가 떴다.

"안 돼!"

이나는 자기도 모르게 컴퓨터를 향해 소리를 질렀다.

'어떻게 이렇게 길 수 있지. 안 되는데 절대 안 되는데…….'

배란일에 11일이 포함되면 안 됐다. 11일은 현태와 밤을 보낸 날이었다.

'그럼 그날 임신이 가능한 날이었다는 거잖아. 이게 뭐냐고, 이게 뭐냐고! 미친, 미친, 미쳤어!'

이나는 현태에게 전화해 보려다가 그만두었다. 오늘도 자정까지 기숙 학원에서 수험서와 씨름하고 있을 모습이 떠올라서였다.

이나는 늦은 시간까지 잠에 들지 못한 채 이불 속에서 몸을 뒤척였다.

'내일 생리를 하게 해 주신다면 앞으로 그 어떤 생리통도 달게 받겠습니다. 생리할 때마다 배가 어마무시하게 아파도, 그 고통으로 방에서 데굴데굴 굴러다닌대도 괜찮습니다. 생리가 길어져 열흘을 한다 해도 운명이라 생각하며 받아들이겠습니다. 지금 당장 제게 단 한 방울의 생리혈이라도 좋으니 생리의 징조를 보여 주십시오. 이 얼마나 사소한 기도입니까, 제가 무슨 오병이어의 기적을 원하는 것도 아니잖아요. 그냥 좀 나올 때 나오는 생리혈. 단지 그것만을 바랄 뿐입니다. 하늘의 신이시여, 예수여, 부처여, 옥황상제여, 알라여, 또 뭐냐, 또 뭐 있지, 공자, 맹자, 아, 누구든 제게 답을 생리로 보여 주소서! 제가 당신의 광신도가 되어 드리겠습니다!'

침대 위에서 이불을 뒤집어쓴 채 이나는 두 다리를 동동거렸다. 그리고 그날 밤을 후회했다. 조금 준비했다면 이런 걱정을 하지 않았을 텐데. 둘 다 아무 생각 없이…… 해 버렸다.

'바보, 멍청이!'

이나는 베개에 머리를 박으며 괴로워했다.

이나는 현태의 방에서 함께 저녁밥을 먹었다. 현태 부모님은 친척 결혼식 때문에 다른 지역으로 가서, 집에는 둘만 있었다. 이나는 밥만 먹고 독서실로 돌아올 생각이었다. 하지만 식곤증이 일면서 조금 나른해졌다. 이나는 현태 침대에 등을 기댔고, 현태는 바닥에 앉아 문제집을 풀었다. 이나는 현태의 변화가 신기했다.

공부하고는 담을 쌓고 살던 애가 자기를 만나면서 범생이가 다 됐기 때문이다.

"어구구, 우리 현태, 이제 혼자서도 잘해요. 커서 훌륭한 사람 되려고 그러는 거지?"

이나는 현태의 엉덩이를 톡톡 건드리며 말했다. 하지만 순식간에 현태가 이나의 손목을 잡았다.

"하지 마, 쫌!"

이나는 현태의 굳은 얼굴이 이해 가지 않았다. 별것 아닌 장난에 이렇게 정색하는 현태의 모습에 서운했다.

"그냥 장난친 건데. 아픈 것도 아니잖아? 아무것도 아닌데 왜 그걸로 화를 내고 그래?"

이나는 입술을 삐죽거렸다.

"넌 진짜 몰라서 그래? 그냥 막 만지고 그러면 안 돼. 넌 수학, 영어처럼 어려운 과목은 다 잘 알면서 어떻게 그쪽으로는 아는 게 하나도 없냐!"

"그쪽? 무슨 과목 말하는 거야? 뭐든 물어봐, 내가 모르는 게 뭐가 있어? 네가 모르는 건 내가 다 안다니까. 뭔데? 뭐냐고?"

이나는 돌아선 현태의 등에 얼굴을 비비며 고양이처럼 애교를 부렸다.

"현태야, 나 졸려. 나 10분만 이렇게 있을래."

이나는 현태의 허리를 뒤에서 감고 등에 얼굴을 기댔다.

"이나야!"

현태의 굵은 목소리가 현태의 따듯하고 넓은 등을 통해 울렸다.

"응?"

이나가 대답했다.

이나는 동굴 속 깊은 곳에서 전해지는 듯한 현태의 목소리가 듣기 좋았다.

"나 할 얘기 있어."

"뭔데?"

"나 방학하면 4주간 서울에 가 있을 거야."

현태의 말이 끝나자마자 이나가 고개를 벌떡 들었다.

"왜? 서울에 왜 가려고?"

"공부하려고."

"공부는 여기서 나랑 해도 충분하잖아. 현태야, 나 좀 봐. 내 얼굴 보고 얘기해."

이나가 억지로 현태를 돌아앉게 했다.

둘의 눈이 마주쳤다.

현태는 이나의 손을 잡았다.

"이나야, 너도 알다시피 나 지금 성적으로는 좋은 대학 들어가기 힘들어. 현재로서는 너와 같은 학교에 갈 가능성도 낮아. 난 다른 건 아무것도 필요 없어. 최소한 네가 원하는 학교가 있는 그 지역에 나도 같이 있고 싶어. 넌 서울로 가고 싶어 하잖아. 내가 인서울하려면 지금이 마지막 기회야. 2학년 겨울 방학이 제일 중요하다며. 나 죽을 것처럼 공부하고 올게. 미적분이든 비문학 지문이든 다 때려 부수고 올 테니까 조금 힘들어도 4주 동안 나 좀 기다려 줘. 그래야 너랑 더 오래 같이 있을 수 있으니까."

이나는 아무 말도 하지 못했다.

마음 같아서는 붙잡고 싶었다. 사귀고 나서 현태랑 단 하루도 떨어져 본 적이 없었기 때문이다. 하지만 현태가 이토록 자신을 생각하고 있을 줄은 몰랐다.

이나는 대답 대신 고개를 연신 끄덕였다.

말을 하면 바로 바보처럼 눈물이 나올 것 같았기 때문이다. 아무 말도 못하고 시원스럽게 눈물도 흘리지 못해 눈시울이 빨개졌다. 현태가 이나의 눈을 가만히 봤다. 눈을 한 번 깜빡이자 이나의 눈에서 눈물이 뚝뚝 떨어졌다. 현태가 손을 들어 이나의 눈 밑을 부드럽게 닦아 주었다.

"바보야, 시간 금방 가. 겨우 4주잖아."

이번에도 이나는 동의의 표시로 고개를 끄덕거렸다.

"니가 춘향이냐? 나 서울 가 있는 동안 여기로 변학도라도 온대? 뭐가 이렇게 심각해?"

이나가 눈물이 가시지 않은 얼굴로 피식 웃었다.

둘은 매일 만나면서도 헤어질 때마다 아쉬운 눈빛으로 헤어졌다. 단 한순간도 떨어지지 않으려고 만나는 내내 손을 꼭 잡았다. 비가 오는 날이면 작은 우산 안에서 둘이 한 몸인 양 꼭 달라붙어 다녔다. 그런데 4주 동안 볼 수 없다는 생각을 하자, 이나는 눈물이 멈추질 않았다.

"보고 싶을 거야. 매일매일."

이나가 현태의 어깨에 머리를 기대며 작은 목소리로 말했다.

현태는 이나의 뺨을 두 손으로 감싸 쥐고 천천히 다가가 입을 맞췄다. 이나가 눈을 감았다. 현태의 입술은 부드럽고 따뜻했다. 둘은 좀 더 오래 있고 싶고, 조금 더 가까이 있고 싶은 마음이 간절해졌다. 곧 두 개의 심장이 맞닿았다. 둘은 그렇게 입술을 맞추고 몸을 포갰다.

이나는 일어나자마자 화장실로 향했다. 팬티를 내려 확인했지만, 오늘도 감감무소식이다. 화장지로 닦아 보아도 어떤 기미도 없다. 삼 일째다. 정말이지 이렇게 늦어진 적은 단 한 번도 없었다. 이나는 곧장 휴대폰으로 임신 증상들을 알아보았다.

'생리 멈춤, 나른함, 어지러움, 피곤함, 유두 통증, 두통, 소화 불량'

이나는 고개를 갸우뚱거렸다. 늘 피곤하고, 나른하고, 가끔 어지럽기도 했다. 이건 시험 스트레스에 고생하는 고등학생이라면 다 있는 증상이지 않을까? 유두 통증? 생리 전에 가끔 이런 증상이 있었는데……. 이나는 가슴을 만져 보았다. 아프지 않다. 하나라도 아니라 다행이었다. '소화 불량?' 이나는 혼자 웃음 지었다. 소화 불량은 해당 사항이 아니었다. 키도 작고 몸도 홀쭉했지만, 먹성이 좋아서 라면 한 봉이 늘 부족해 밥 한 공기를 말아 먹었다. 그러니 이건 무조건 패스 사항이다. 이나는 두 가지 조건에 해당하지 않자, 조금 안심했다.

이나는 인터넷에 사람들이 올려 놓은 고민 상담 내용 중 임신과 관련된 질문들을 읽어 보았다.

'그냥 몇 번 왔다 갔다 했어요. 사정도 안 했어요. 설마 이걸로 임신이 되진 않겠죠? 제발 살려 주세요. 부모님이 엄격하시고 두 분 다 명예를 중시하는 분들이라 절 죽일지도 몰라요. 진짜 한국에서 명예 살인이란 게 일어난다면 그게 우리 집이 될 거예요. 제발요, 쿠퍼액이 좀 들어갔다고 임신은 아니죠? 아니겠죠? 아니어야 합니다!'

이 질문에 대한 전문가의 답변은 아직 올라오지 않았다. 다만 네티즌들의 놀이를 가장한 막말들이 올라와 있었다. '엄격한 집안? 놀고 있네.' '내가 니 애비다. 넌 오늘 참수형이다.'

'임신하면 냉이 나오나요? 어제 했는데 갑자기 냉이 나오는 거예요. 또 막 체한 것 같이 속이 울렁거려요. 이거 임신인가요? 임신이면 어떡하나요?'

그 질문에 유독 댓글이 많았다. 대체로 한심하다, 임신을 관계 후 다음 날 확인할 수는 없다, 아직도 성교육이 이 정도밖에 안 되고 임신에 대한 교육이 이 모양이냐며 성토하기도 했다.

그런 종류의 질문과 답변들이 인터넷에 넘쳐 났다. 이나는 질문과 답변을 꼼꼼하게 살폈다. 그러다 이나처럼 고민하는 십 대들이 아주 많은 걸 보며 일종의 동지를 만난 것 같은 기분이 들었다. 이나는 상담하는 청소년들을 눈앞에서 보고 있는 듯 어떤 질문에는 고개를 끄덕끄덕했다. 이나도 역시 이런 고민을 말할 상대가 없었다. 아무리 친한 친구에게도 '나 아무래도 임신인 것 같아.'라고 말할 수는 없는 일이었다. 그러다 혹시 친구들 사이에 소문이 퍼지기라도 한다면…… 상상만으로도 끔찍했다. 그래서 다들 인터넷에 고민을 털어놓는 것 같다. 익명으로 물어볼 수 있는 곳은 인터넷밖에 없으니 말이다. 이나는 다른 청소년들의 상담 내용을 보고 용기를 내어 질문 하나를 올려놓았다.

'배란일 경계선인 날에 했어요. 지금 생리 예정일이 3일 지났어요. 전 기계처럼 생리 날짜가 딱딱 맞았거든요. 남자 친구가 밖에다 하긴 했는데 혹시 임신 가능성이 있을까요?'

글을 올리고, 초조하게 답을 기다렸다. 하지만 바로 답변이 올라오지 않았다. 그래도 휴대폰을 손에서 놓지 못했다. 학원 수업 중에도 무릎 위에 휴대폰을 올려놓고 확인했다. 부모님과 밥을 먹을 때에도 제대로 먹지 못하고 방으로 들어가 부리나케 휴대폰을 열어 보았다. 하지만 전문가들은 급하지 않은 모양이다. 여전히 답이 올라오지 않았다. 이나에겐 이 문제가 인생 최대의 비상사태인데 다른 사람에겐 이것이 긴급한 일이 아니라는 사실이 속상했다. 자신의 마음을 안다면 전문가들이 순식간에 답을 달아 줬어야 했다.

다섯 시간이 지나도록 답이 올라오지 않았다. 이나는 책상에 머리를 쿵쿵 박았다. 책을 펼칠 수도 없었다. 그 어떤 것도 머릿속에 들어가지 않았다. 밤 10시쯤에 답변이 올라왔다. 이나는 답변을 바로 누르지 않고 자리에서 벌떡 일어나 휴대폰을 잡고 기도부터 했다.

'제발 임신이 아닐 거라고 해 주세요.'

이나는 조심스럽게 마우스를 클릭했다.

의사 선생님의 얼굴과 함께 짧은 글이 올라와 있었다.

'질외 사정은 엄밀히 말하면 피임이 아닙니다. 반드시 피임 도구를 사용해야 합니다. 여성의 몸은 기계가 아닙니다. 따라서 여성의 배란일도 고정된 날짜가 아니라 유동적입니다. 그러므로 배란일을 대략 예측할 수 있을 뿐 정확하지 않습니다. 또한 성공적으로 질외 사정을 했다고 해도 안심할 수 없습니다. 쿠퍼액으로도 임신이 가능하기 때문입니다. 임신 여부는 관계 2주 후 임신 테스트기를 통해서 알 수 있습니다. 더 자세한 사항을 알고 싶으시면 산부인과로 방문해 주세요.'

이나는 다리에 힘이 풀려 주저앉아 버렸다.

'임신이 가능하다. 아니 임신이 됐을 수도 있다. 아니 임신이다.'

결론은 당장 임신 테스트기를 사야 한다는 거였다.

이나는 지난밤 제대로 잠을 자지 못했고, 결국 늦잠을 잤다. 늦은 오후가 되어서야 지갑을 챙겨 집 밖으로 나왔다.

아는 사람을 마주칠까 두려워 아파트 근처에서 조금 떨어진 약국으로 향했다. 막 약국 문을 열고 들어가려는 찰나에 뒤에서 이나를 부르는 소리가 들렸다.

"이나야, 약국에서 뭘 사려고?"

엄마였다.

"병원 갔다 왔니? 어디 아파?"

엄마와 친한 이웃집 경수 엄마도 함께였다.

이나는 입이 떨어지지 않았다.

"여, 여드름 때문에……."

그러자 경수 엄마는 이나의 얼굴을 피부과 의사 선생님처럼 꼼꼼히 보며 조언했다.

"에계, 이 정도면 약 안 발라도 될 것 같은데."

이나는 쑥스럽게 웃어 보이기만 했다.

"하긴 청소년 시기엔 여드름이 제일 문제지. 남의 눈에 별것 아닌 것 같아도 네 눈에 그것만 크게 보이지? 그땐 다 그렇지 뭐. 그래도 넌 심한 편이 아니라 다행이다. 우리 경수는 얘, 말도 마라, 그야말로 활화산이다. 아주 그냥 날마다 화산이 하나씩 터져 있어. 분화구는 말도 못하게 많고."

이나의 엄마가 웃음을 터뜨렸다. 이나도 엄마를 따라 어색하게 웃어 보였다. 둘은 이나가 약을 사 올 때까지 기다려 주었다. 이나는 하는 수 없이 필요도 없는 여드름 약을 집어 들었다.

'바보 같다.'

곧 저녁 식사 시간이고 엄마뿐 아니라 동네 아줌마들이 장을 보는 시간이라는 걸 잊은 거다. 이나는 스스로가 너무 한심해서 죽을 것만 같았다. 오늘은 포기하고, 내일 버스 타고 시내 쪽에서 사야겠다고 생각했다.

엄마는 경수 엄마가 장 본 물건까지 차에 넣었다. 경수 엄마 집까지 태워 주려나 보다. 경수 엄마는 자기 차처럼 익숙하게 조수석에 올랐다. 그리고 엄마와 수다를 떨기 시작했다. 학교 모임에 입고 나가려고 산 원피스 지퍼가 반도 안 올라간다는 말에서 시작해 다이어트 이야기가 이어지다가 요즘 뜨는 수학 학원 강사 이야기까지 주제도 다양했다. 이나는 뒷자리에 앉아 눈을 감고 자는 척했다. 그때 경수 엄마에게서 해담이라는 여자아이의 이름이 나왔다. 해담이는 어렸을 때 동네에서 함께 놀았던 동생이었다. 지금은 만나도 눈인사만 하는 사이가 되었지만.

"그래, 언니, 그 꼬맹이 중학생 해담이가 그랬다니까."

"어머머, 웬일이니? 그거 진짜야?"

"지금 그 집 난리야, 걔 때문에. 그래도 그 엄마가 눈치가 구단이라서 일이 빨리 마무리됐대. 얼마 전에 수술받았다네. 천만다행이지. 요즘 어린 것들 발랑 까져서 걱정이야. 어쩜 그 나이에 밝히기나 하고."

"어머, 어쩌면 좋니. 그 어린 나이에 낙태 수술을 받고, 몸에도 무리가 갈 텐데."

엄마가 혀를 끌끌 찼다.

"언니, 내가 걔 언젠가는 일낼 줄 알았어. 초등학교 때부터 진하게 화장하고 다니고, 중학교 들어가서는 미니스커트 입고 남자애들이랑 시내 돌아다녔잖아. 아마 공부도 못했을 거야. 같이 다니던 애들이 하나같이 날라리였잖아."

엄마가 고개를 끄덕였다.

"그래서 주변 환경이 중요하지. 그렇게 놀다 보면 남자아이들 만날 확률이 높아질 테고. 공부하는 애들은 집, 학교, 독서실, 학원 가는 단순한 생활을 하니까 아무래도 이성을 만날 기회도 적고, 공부하느라 그런 생각하기도 힘들 거야. 그나저나 같은 딸 키우는 처지에서 남 일 같지는 않다. 잘 해결되어서 그나마 다행이네. 아들이고 딸이고 잘 키워야지. 아무 탈 없이."

그렇게 말하며 엄마는 룸미러로 이나를 향해 싱긋 웃어 보였다. 이나는 바로 눈을 감았다. 해담이가 떠올랐다. 해담이는 공부를 못하는 아이가 아니었다. 성격도 시원시원했고, 해담이와 어울린 친구들도 날라리로 보이지 않았다. 그 또래 아이들처럼 화장하고 다녔고, 다른 아이들보다 과하지도 않았다. 어른들은 같은 눈으로 어째서 이렇게 다르게 보는지 이나는 이해하기 힘들었다. 자신을 일탈과 거리 먼 모범생으로 믿고 있는 엄마에게 심한 죄책감도 들었다. 이나는 체한 것처럼 가슴이 답답해졌다.

다음 날, 이나는 일어나자마자 엄마의 옷장에서 쥐색 코트를 챙겨 입고, 입술에 틴트도 제법 진한 걸로 발랐다. 추위에 대비해 커다란 모직 목도리도 꺼내 단단히 목을 감싸고 집을 나섰다. 한파주의보가 내려졌다는 게 거짓이 아닌 모양이다. 길거리 여기저기가 다 빙판길이 되었다. 누군가가 지난밤에 쏟아 낸 토사물조차

매끈하게 얼어 있었다. 이나는 조심스럽게 발을 떼고 몸도 낮췄다. 잠깐 미끄러질 뻔했을 땐 자신도 모르게 두 손이 배를 감싸고 있었다. 이나는 홀로 쓴웃음을 지었다.

시내 주변을 걷다가 사거리에 있는 큰 약국에 들어섰다. 이른 시간이라 손님은 하나도 없고, 약사 한 분과 일을 돕는 두 분이 모여 앉아 커피를 마시고 있었다. 마음이 급해서 일찍 온 건데, 또 생각을 잘못한 것 같다. 사람이 웅성거리는 곳이면 임신 테스트기를 달라는 목소리가 묻힐 수도 있는데, 한산한 곳에서 얘기하면 더 주목될 것 같다. 말하기가 망설여졌다. 그냥 나갈까, 말까?

"어떤 약 찾으세요? 필요한 것 있으시면 말씀하세요."

이나를 보자마자 약사가 커피 잔을 내려놓고 다가와 물었다. 안경을 낀 젊은 남자였다.

'임신 테스트기요!'라고 말을 해야 하는데 입이 떨어지지 않았다. 그 말을 내뱉으면 다들 이상한 상상을 할까 겁이 났다. 저 남자 약사는 아마 나를 날라리, 비행 청소년, 문란한 여자라고 생각할지도 모른다. 이나는 고개를 내저었다. 곧 약국 문이 열리며 아저씨 몇 분이 들어왔다.

"소화제요!"

이나는 생각할 것도 없이 명치 부근을 어루만지며 소화제를 외쳤다. 이번에도 이나는 쓸모도 없는 소화제 하나를 들고 밖으로 나와야만 했다.

'이런 거 파는 자판기 같은 건 없나? 여자 화장실에 설치해 두면 좋겠는데……'

이나는 하릴없이 시내를 몇 바퀴나 돌기만 했다.

춥다. 추위도 너무 춥다.

이나는 단화 신은 발을 동동 굴렀다. 이곳저곳 약국 앞을 서성거렸지만, 좀체 들어갈 수 없었다. 아빠 같은 남자 약사라서, 약국에 손님이 너무 없어서, 손님이 너무 많아서 등등의 이유로 말이다. 도저히 용기가 나지 않았다. 하지만 빈손으로 돌아갈 수는 없었다. 몇 바퀴를 돌다가 여자 약사가 운영하는 작은 약국으로 들어갔다. 나이 많은 할머니 몇 분이 의자에 앉아 있었다. 처방받은 약을 기다리고 있는 모양이었다.

"어떻게 오셨어요?"

약사가 이나를 향해 묻자, 이나가 약사 앞에 바짝 다가가 작은 목소리로 말했다.

"임신 테스트기 주세요."

"임신 테스트기도 몇 종류가 있어요. 좀 예민한 얼리임테기로 드릴까요? 그게 조금 비싸긴 해도 임신 초기 진단도 잘 잡아내거든요."

그러면서 몇 가지 진단 키트를 보여 줬다.

이나는 당황해서 제일 비싼 것 하나를 선택해 주머니에 넣었다. 등짝이 달아올랐다. 할머니 두 분이 이나의 등을 향해 눈총을 쏘고 있을 것만 같았다. 약사도 이나를 안타깝게 보고 있는 것 같다. 이나는 돈을 내자마자 도망치듯이 약국을 나왔다. 세상 모든 사람이 자신을 향해 손가락질하고 수군거릴 것만 같았다.

빨갛게 달아오른 얼굴을 하고 이나는 가장 가까운 햄버거 가게 화장실로 뛰어올라 갔다. 마음이 급했다. 임신이 아니라면 이 모든 공포에서 벗어날 수 있고, 온갖 눈총으로부터 자유로워질 수 있다. 화장실에 앉아 설명서를 보고 허둥지둥거리며 봉지를 뜯어 진단 키트를 꺼냈다. 가늘고 긴 막대가 나왔다. 흐르는 소변에 갖다 대라고 했다. 이나는 테스트기에 제대로 조준을 하지 못했다. 너무나 순식간에 지나 버렸다. 방법이 맞는지 아닌지, 소변이 적당량 묻었는지 아닌지 알 수 없었다. 겨우 산 건데 정확한 결과를 볼 수 없을 것 같아 눈물이 다 날 지경이었다.

변기 위에 올려놓고 1분을 기다렸다. 한 줄이었다. 하지만 믿을 수 없었다. 제대로 잘한 건지 의심이 되었다.

'하나 더 살걸.'

다시 약국으로 갈 엄두가 나지 않았다.

이나는 휴대폰을 집어 '임신 테스트기'를 쳤다. 다양한 임신 진단 키트들이 가격과 함께 화면에 떴다. 가격도 훨씬 저렴했다. 하지만 이걸 어디로 배달한단 말인가, 혹여 엄마의 눈에 띈다면 아니 엄마가 개봉한다면? 이나는 고개를 절레절레 저었다. 상상만 해도 아찔했다.

휴대폰으로 '청소년 임신'을 검색했다. 벼랑 끝에 몰린 미혼모들의 구구절절한 사연이 올라와 있었다. 배가 불러 와 학교도 못 다니고 남자 친구는 도망가고 부모에게까지 버림받은 여학생들의 사연을 읽고 나면 현실이 암담해졌다.

갑자기 초경 때의 일이 떠올랐다. 이나가 초경을 한 것은 초등학교 6학년 때였다. 팬티에 피가 묻어나 당황스러웠다. 알고 있었지만 막상 눈앞에 피가 보이자, 깜짝 놀랐다. 눈물이 났다. 엄마는 자연스러운 일이라며 생리대 사용법을 알려 주었다. 그리고 중요한 사실을 알려 주듯 다가와 조용하게 말했다.

"이제부터 네 몸을 소중하게 생각해야 해. 넌 임신할 수 있는 몸이 된 거야. 절대로 함부로 굴어서는 안 돼. 남의 집에도 가지 말고. 세상 남자 다 조심해야 한다. 어른 남자나 네 또래 남자나 다 위험해. 알겠지?"

이나는 엄마의 함부로 굴어선 안 된다는 말이 반복적으로 떠올랐다. 그리고 엄마와 경수 엄마의 대화 속 해담이가 떠올랐다. 이나가 임신이라면 누군가의 대화 속에서 맛있는 먹잇감이 되어 씹힐 것이다. 발랑 까져서 몸을 함부로 굴린 아이. 예전부터 그럴 조짐이 충분히 보였던 아이. 주변의 친구들도 함께 날라리로 만들어 버리는 그런 아이.

하지만 가장 두려운 건 현태가 자신의 말에 어떤 반응을 보일까였다. 임신이 되어도 현태만 있으면 괜찮을 것 같았다. 하지만 현태에게 임신 사실을 알렸을 때 현태가 떠나 버린다면, 자신이 버려진다면, 그것만큼은 참을 수 없을 것만 같다. 세상 사람들이 다 떠나고 신문 기사 속 어린 소녀들처럼 청소년 쉼터를 전전하고, 학교도 다닐 수 없고, 친구들도 더 이상 볼 수 없을지라도 현태만은 옆에 있었으면 좋겠다고 생각했다.

하지만 이나는 정반대의 상황만 그려졌다. 이나는 짧은 시간 동안 부모에게 내쫓기고, 남자 친구에게 버림받고, 친구들로부터 왕따를 당하는 드라마 한 편을 뚝딱 만들어 냈다. 물론 최악의 비극이었고, 주인공 이나는 가장 처참한 여주였다.

그 여주를 그렇게 만든 건 단 하나, 임신이었다. 임신이 재채기처럼 자신의 몸속에서 자연스럽게 일어날 수 있다는 사실을 지금처럼 생생하게 깨달은 시간도 처음이었다. 재채기는 자신의 인생 행로에 어떤 영향도 끼치지 못하지만, 임신은 자신의 인생을 얼마나 스펙터클하게 만드는지를 이나는 최근 며칠 동안 4D 체험을 하는 것처럼 생생하게 느꼈다.

5일이 지났다.

이나는 매서운 한파에도 집 근처 운동장 트랙을 달렸다. 임신 초기엔 심한 운동을 자제해야 한다는 글을 읽고, 그 반대로 행동하기로 마음먹었다. 달리고 또 달렸다. 임신이 걱정되었다면 사후 피임약을 먹었어야 했다. 하지만 그런 약이 있다는 것도 이번에 처음 알았다. 먹는 낙태약이 있다는 걸 알고, 구해 보려 했지만 한국에서는 불법이라 구할 수 없었다. 스스로 바보 똥멍충이란 생각이 들었다. 이나는 자신이 성에 대해 얼마나 무지하고 대책 없었는지를 처음으로 깨닫게 되었다. 또한 자신이 어른이 아니라는 명백한 사실도 인지하게 되었다.

엄마의 미니 프라다백을 어깨에 걸치고 현태와 손깍지를 끼고 영화관으로 데이트 간 적이 있었다. 19금 영화를 보며 가끔 사람들 몰래 키스를 하기도 했다. 그때 자신이 비밀스러운 어른들의 공간 안으로 들어선 듯한 기분이 들었다. 수학여행에서 소주 한 잔을 마셨을 때처럼 말이다.

심지어 이성 친구가 없는 주변 친구들이 어느 날부터 어려 보이기 시작했다. 지금 생각하면 낯이 뜨겁다. 이 상황에서 무엇을 어떻게 해야 할지 손도 쓸 수 없어 쩔쩔매는 모습이 영락없는 아이였기 때문이다.

이나는 자신에게 달라붙은 불행이 얼른 떨어져 나가기를 바라는 마음으로 간절하게 뛰고 또 뛰었다. 마지막엔 전속력으로 달렸다. 토할 것만 같았다. 운동 후, 아주 약간의 피가 팬티에 묻어 났다. 하지만 생리를 시작할 때랑 뭔가 달랐다. 불안한 징조다. 이나의 머릿속에 '착상혈'이 떠올랐다. 착상혈은 수정된 배아가 자궁에 붙을 때 나오는 피다. 그동안 임신 증상들만 찾아 읽어서 금방 머릿속에 떠올랐다. 이건 어쩌면 착상혈일지도 몰라. 진짜 임신인가.

화장실에서 이나는 숨죽여 눈물을 흘렸다.

'현태야, 나 어떡하면 좋냐, 나 이제 어떻게 해야 해?'

그럴수록 현태가 너무 보고 싶어졌다. 현태에게 당장 말하고 싶었다. 이건 도저히 혼자 해결할 수 있는 문제가 아니다. 지금 누군가에게 말하지 않으면 불안감으로 죽을 것만 같았다.

이나는 몇 번의 망설임 끝에 현태에게 문자를 보냈다.

'현태야, 나 생리를 안 해. 나 이제 어떻게 해!!!! 무서워 죽을 것 같아!!!'

현태는 일요일 저녁 식사 시간이 되어서야 이나의 문자를 볼 수 있었다.

누군가 자신의 뒤통수에 핵 펀치를 먹이는 느낌이었다. 단 한 번도 생각해 본 적이 없는 상황이었다. 몇 분 동안 휴대폰을 뚫어

저라 쳐다볼 뿐이었다. 뭔가 이나에게 안심이 되는 얘기를 해 주고 싶은데, 이럴 때 무슨 말을 해야 할지 알 수 없었다. 인생의 경고음이 울리는 것만 같았다. 비상 경계령!

'아, 이럴 땐 어떻게 해야 하나? 해결책이 있기는 할까?'

현태는 이나의 문자를 수십 번 읽었다. 몇 마디 되지 않는 문자에 이나가 지금 얼마나 힘들어하는지 알 수 있었다. 한마디로 이나는 지금 멘붕 상태였다. 하지만 현태 역시 같은 상태라 막막하긴 마찬가지였다.

'침착하자, 침착하자!'

하지만 생각과는 다르게 몸은 침착해지지 않았다. 현태는 일어나 복도를 이리저리 왔다 갔다 하며 생각을 거듭했다. 하지만 달리 뾰족한 수가 생각나는 것도 아니었다. 문자 수신음을 듣고 현태가 휴대폰을 확인했다.

이나다.

'현태야, 좀 오면 안 돼? 네가 내 곁에 있어 주면 좋겠어.'

현태는 이나의 문자를 보자마자 몸이 먼저 움직였다. 가방에 지갑과 휴대폰만을 챙긴 채 기숙사 사감 선생님에게 달려갔다. 집안에 급한 일이 생겼다고 대충 말하고는 고속버스 터미널로 향했다. 우선 이나에게 문자로 도착 예정 시간을 알렸다. 버스를 타고 나서도 잠시도 가만히 있지 못했다.

'만약, 만약에 이나가 임신을 했다면 어떻게 하지?'

머리를 아무리 써 봐도 답이 나오지 않았다. 이나의 배가 점점 부풀어 풍선처럼 커지는 모습은 현실감이 없었다. 현태는 고개를 내저었다.

'병신, 머저리, 바보 천치! 콘돔 하나를 못 챙겨서 이런 일을 만들다니!'

창밖을 보며 그날 밤을 떠올렸다.

현태가 기숙사에 들어간다는 말에 이나는 눈물을 흘렸다. '보고 싶을 거야, 매일매일.' 이나의 말에 가슴이 먹먹해졌다. 이나가 뱉어 내는 언어들에도 눈물이 잔뜩 묻어 있었다. 이나의 목소리에 현태 역시 가슴이 울컥했지만 한편으론 간질간질했다. 너무 달콤한 슬픔이었다.

현태는 이나를 어깨에서 떼어 내 얼굴을 바라봤다. 이나의 눈에 맺힌 눈물이 보석처럼 반짝였다. 요정처럼 예뻤다. 현태는 눈을 질끈 감고 그 시간을 견디려고 했다.

'나는 나무다. 나는 아주 오래된 이끼 낀 나무다. 나는 아무것도 느낄 수 없다. 나는 자연과 혼연일체가 되어야 한다. 이나에게 몸이 반응하면 안 된다. 나무다. 나무다. 나는 나무……다.'

현태는 결국 나무가 되지 못했다.

현태는 준비되지 않은 자신이 이나와의 소중한 추억을 망쳐 버린 것 같아 속상했다.

현태는 휴대폰으로 낙태 비용을 검색했다.

낙태 비용을 찾다가 낙태가 불법인 걸 알게 되었다. 비밀스럽게 낙태가 이뤄지다 보니 비용 역시 천차만별이었다. 현태에게 그만한 돈이 있을 리 만무했다. 게다가 불법적인 낙태를 하는 산부인과는 좋은 곳이 아니라 의료 사고가 생기기도 한다는 기사에 현태는 한숨을 내쉬었다. 현태는 의료 사고가 생겨 몇몇 여성이 중태에 빠지거나 생명을 잃은 사건들도 하나하나 읽어 나갔다. 그럴수록 현태의 얼굴은 흙빛이 되었다. 이나를 그런 곳에 맡길 수는 없었다.

설상가상으로 미성년자는 보호자가 없으면 그조차도 불가능했다. 현태는 미성년자인 자신이 보호자가 될 수 없다는 사실에 경악했다. 결혼도 생각했다. 하지만 그것조차 만만하지 않았다. 미성년자도 결혼할 수 있었지만 법정 나이가 되지 않으면 법정 대리인인 부모를 내세워야만 했다.

현태는 커다란 두 손으로 머리를 감쌌다. 미성년자는 아무것도 할 수 없는 존재였다. 자신이 이렇게 무능력한 존재라는 것을 처음으로 깨닫게 되었다. 아버지보다 더 큰 키에 덩치도 훨씬 우람했지만, 법적으로도, 경제적으로도 보호자가 없으면 그 어떤 권리도 행사하기 힘들었다.

'내가 아기 아빠니까 이나 보호자여야지! 미성년자면 보호자도 될 수 없는 건가? 그럼 이나를 어떻게 지켜 주나?'

　현태는 부모님을 떠올렸다.

　갑자기 가슴에 바위 몇 개를 올려놓은 것처럼 답답해졌다. 고지식한 아버지와 엄마한테 얘기한다면? '공부도 못하는 놈이 벌써부터 밝히기나 하고, 잘한다, 잘해, 나가 뒈져라!' 상상만 했는데 아버지의 음성이 현장감 넘치게 귀에 들리는 듯하다. 차라리 한강에서 다이빙하는 것이 낫겠다 싶었다.

　'임신하면 다 낳아야 하나? 그럼 이나의 미래는 어떻게 되는 거지? 나는 또 어떻게 되는 걸까? 낙태는 도대체 왜 불법이지? 우리나라 어른들은 실수도 안 하나? 그냥 생기는 대로 다 낳는 것도 아닐 텐데, 그럼 우리나라 인구가 절대 줄지도 않았을 텐데. 어른들은 그런 일이 생겼을 때 어떻게 대응할까? 그래도 나보다는 잘하겠지. 나는, 이나는 어떻게 해야 하나?'

　현태의 고민이 꼬리에 꼬리를 물고 깊어질 대로 깊어질 무렵 버스는 터미널에 도착했다. 터미널 밖은 지옥처럼 으스스했다. 강풍이 불어 댔다. 현태의 발걸음이 멈칫거렸다. 도망가고 싶은 마음도 생겼다. 외면하고 싶은 마음도 생겼다. 너무 감당하기 벅차서 쉽게 발길이 떨어지지 않았다. 다시 돌아가고 싶다. 왜 이나는 그날 거절하지 않았을까? 임신이 그렇게 쉽게 된다는 걸 알려 주지 않았을까?

　현태는 그날을 몇 번이나 복기했다. 아무리 생각해도 임신할 가능성이 없는데 어떻게 이런 일이 일어났을까 하는 의문으로까지 갔다. 이나는 힘들어했고, 그래서 끝까지 가지 못했다. 게다가 피임을 위해 밖에다 했다. 거기까지 생각하자 이나가 의심스러워졌다. 이나가 혹시 다른 남자랑 하고서 내게 덤터기를 씌우는 건 아닐까? 머리가 좋은 아이니까 그럴 수도 있지 않을까?

　세찬 겨울바람이 현태를 훑고 지나갔다. 얼음장처럼 차가운 기운이 현태를 덮쳤다.

　"씨발, 개쓰레기. 내가 완전 미쳤구나. 나도 정말 쓰레기다, 쓰레기!"

　현태는 정신을 차렸다. 그리고 손을 흔들어 택시를 불렀다.

　택시를 타고 이나와 문자를 주고받았다. 아파트 앞에 도착해서 이나에게 전화를 하겠다고 했다.

　'이나야, 지금 가고 있어. 조금만 기다려.'

　'터미널에 도착했어.'

　'이나야, 지금 택시야.'

　'15분 안에 도착 예정이야.'

　이나는 현태가 터미널에 도착했다고 했을 때, 바로 밖으로 나왔다. 밤바람이 무척 찼다. 이나는 주황색 불빛의 가로등 아래에서 현태를 기다리다가 조금 더 빨리 만나고 싶어 조금씩 조금씩 더 내려갔다. 걷다 보니 아파트 골목 앞에 있는 마트까지 나오게 되었다. 택시들이 자주 오가는 곳이었다. 밤 10시가 다 되어 갔다. 날씨가 추워서인지 오가는 사람도 없었다. 거세게 부는 바람만이 우두커니 서 있는 이나의 발밑을 지나갈 뿐이었다. 따뜻한 롱패딩 안에는 치마만 대충 걸쳐서 패딩 속으로 차가운 기운이 몰아쳤다. 이나는 다시 골목길로 들어서는 차들을 바라봤다. 그중에 현태가 탄 차는 없었다. 이나는 쪼그려 앉아 긴 패딩으로 허연 발목을 감쌌다.

'아, 춥다. 너무 춥다.'

얼마나 지났을까, 차 한 대가 들어오는 소리에 고개를 들었다. 차에서 내린 인영이 현태 같았다. 이나가 벌떡 일어났다. 하얀 입김을 내뿜으며 현태가 이나를 향해 달려오고 있었다. 이나도 벌떡 일어나 현태에게 달려갔다.

'이나다.'

현태는 택시에서 마트 앞에 쪼그려 앉아 있는 이나를 한눈에 알아봤다.

"아저씨, 여기 세워 주세요."

돈을 재빠르게 계산하고 곧장 이나에게 달려갔다.

이나도 현태에게 달려오고 있었다.

현태는 아무 말 없이 먼저 손을 내밀어 이나의 손을 잡아끌었다. 둘은 아무 말도 하지 못하고 서로 부둥켜안기만 했다. 이나의 몸이 차가웠다. 현태는 차가워진 이나의 뺨을 어루만졌다. 이나의 얼굴은 달빛처럼 창백했다. 바람이 불어 이나의 머리카락이 사방으로 흩날렸다. 현태는 손을 뻗어 흘러내린 이나의 머리칼을 뒤로 넘겨 주었다. 그제야 이나의 얼굴을 온전히 볼 수 있었다.

짧은 시간 동안 얼마나 고민을 했는지 이나의 얼굴이 반쪽이 되어 있었다. 잠도 자지 못했는지 눈도 퀭했다. 현태는 다시금 이나를 의심했던 자신을 향해 욕을 해댔다.

이나는 현태 얼굴을 보자마자 소리 없이 울기만 했다. 현태는 이나의 허리를 감싸고 등을 쓸어 주었다. 도망가고 싶었던 마음이 부끄러워졌다. 자신보다 수천 배는 더 걱정하고 있었던 게 이나 얼굴에 그대로 나타나 있었기 때문이다. 이나가 울먹이는 목소리로 속삭였다.

"네가 와서 너무 좋다. 무서웠어. 현태야, 나 정말 무서웠어. 그래도 이제 좀 괜찮아. 네가 와 줘서."

그 순간 거센 바람이 불어닥쳤다. 세차게 부는 바람에 순간 귀가 먹먹해졌다. 현태는 이나 쪽으로 불어오는 맞바람을 막아 주기 위해 방향을 바꿔 이나를 안았다. 현태 등 뒤로 찬 바람이 사정없이 불고 있었다. 기습 한파가 한반도를 강타했다고 하더니 찬 바람이란 찬 바람이 모두 이 골목길에 당도한 것 같았다. 당장 이나를 따뜻한 곳으로 대피시켜야 했다.

현태는 제일 가까운 찜질방으로 이나를 데리고 갔다.

이나에게 따뜻한 미역국을 먹이고, 온돌방이 있는 공간으로 들어갔다. 생각보다 사람들이 별로 없었다. 이나는 새끼 고양이처럼 현태의 단단한 가슴에 얼굴을 묻었다. 현태는 이나의 등을 살며시 쓸어 주었다. 현태는 이 세상에 이나와 단둘이 있는 느낌이 들었다. 그런데 이전과 다르게 고립된 느낌이었다.

"나 이제 어떻게 하지?"

이나가 물었다.

"아직 모르는 거잖아. 지금 확정된 사실은 아무것도 없어. 우선 내일 나랑 같이 테스트기 사러 가자. 그리고 그걸로 검사해서 임신이라고 나오면 산부인과 가서 상담받아 보자. 그러니까 오늘 밤은 너무 걱정하지 마."

현태는 애써 침착하게 얘기했다.

이나는 현태의 말에 고개를 끄덕였다. 혼자서 끙끙거리며 고민했을 때와 달랐다. 결과가 달라지는 것도 아니었고, 현태가 무슨 해결책을 준 것도 아니었다. 그냥 현태의 말이 따뜻했다. 눈물 나도록.

이나는 현태의 어깨에 기대며 속삭이듯 말했다.

"네가 내 옆에 있어서 다행이야. 정말 다행이야."

이나는 되풀이해서 말했다.

이나의 말에 현태의 가슴이 울렁거렸다. 마음이 찡해져서 더 뭐라고 말할 수가 없었다. 현태는 아무 말 없이 이나의 손만 꼭 잡아 주었다.

'나란 놈이 뭐라고, 뭐 하나 볼 것도 없는 놈인데. 뭐 하나 준비된 것도 없는 놈인데……. 비겁한 마음까지 먹었던 놈인데…….'

며칠째 잠을 못 잤다던 이나가 아기처럼 몸을 구부려 잠이 들었다. 현태는 자기 패딩을 가져와서 이나의 몸에 덮어 주었다. 이나는 무슨 나쁜 꿈을 꾸는지 한숨을 폭 내쉬며 '어떻게 하지, 어떻게 하지.' 하고 부정확한 발음으로 웅얼거렸다. 꿈에서도 고민이 깊은지 고운 미간이 작게 찌푸려졌다. 현태는 가만히 이나의 미간을 엄지손가락으로 문질러서 주름을 펴 주었다.

'나 때문에 네 인생 망치면 어떻게 하냐? 이나야, 나 정말 어떻게 하지?'

현태는 버스 안에서 내내 미혼모 관련 기사를 읽었다.

다들 인생 경로가 비슷했다. 임신과 출산으로 학교도 제대로 졸업하지 못하고, 아이 때문에 취업도 힘들었다. 당연히 생계 역시

곤란했다.

현태는 잠든 이나를 보며 자신들 옆에 오게 될 미지의 아기를 떠올렸다. 1 더하기 1은 2가 되는 것처럼 무엇을 더하면, 무엇이 함께하면 더 힘이 세져야 마땅할 텐데, 미성년자와 미성년자 그리고 갓난아기의 합은 세상 최약체 팀이었다.

'어떻게 합할수록 약해지는 존재가 있을 수 있을까!'

현태는 한숨을 쉬었다. 현태 눈엔 이미 아기 엄마가 된 이나가 그려졌다. 그 옆에 제대로 된 일자리를 얻지 못해 근근이 아르바이트로 돈을 버는 못난 아빠가 된 자신의 모습도 더해졌다. 아무래도 제대로 된 아빠 노릇은 물 건너간 것 같았다.

'멋진 아빠가 되고 싶었는데, 진짜 내게 조금 더 시간을 준다면 정말 멋진 아빠가 될 자신이 있는데……. 하지만 지금은 아닌데……. 이나와 나의 아기가 이렇게 일찍 오면 안 되는데, 준비된 게 하나도 없는데, 지금 미적분 문제도 제대로 못 푸는데, 국어 비문학도 대비를 다 못했는데……. 애기 아빠를 어떻게 준비해야 하나?'

현태는 잠든 이나의 머리를 쓰다듬으며 눈물을 뚝뚝 흘렸다.

'만약 이나가 낙태한다면, 그 돈은 또 어떻게 마련해야 하지?'

밤과 함께 현태의 고민도 깊어졌다.

12시가 다 되어 가는 시간에 이나를 집에 데려다주고 시간을 정해 다시 만나기로 했다.

　다음 날, 현태는 이나보다 좀 더 일찍 나와 이웃 동네 약국으로 가서 임신 테스트기를 사서 왔다. 혹시 몰라 세 개나 샀다. 현태는 어디서 임신 테스트를 해야 하나 생각했다. 깨끗한 공간을 떠올리다가 백화점을 생각해 냈다.

　현태는 이나의 손을 잡고 백화점으로 갔다. 화장실 앞에서 현태는 이나에게 임신 테스트기를 건넸다.

　"잘 읽어 보고 해. 거기 설명서 안에 있대."

　이나가 고개를 끄덕였다.

　3분이라고 했다. 3분이면 임신인지 비임신이지 다 알 수 있다. 3분 후면 이나와 현태의 운명 역시 알 수 있다. 비극인지 해피엔딩인지.

　현태의 마음이 떨려 왔다.

　가만히 기다릴 수가 없어 화장실 앞을 서성거렸다.

　이나가 나올 때가 되었는데 좀체 나오지 않았다.

　자꾸만 불길한 상상이 들었다. 그럴수록 그날 밤 일이 떠올랐다. 준비되지 않은 사랑의 대가가 너무 혹독하다. 현태는 스스로 자책하며 머리를 벽에 찧었다.

　잠시 후, 여자 화장실에서 이나가 나왔다. 현태는 이나의 모습에 몸이 나무처럼 굳어 버렸다.

이나가 운다. 울면서 현태에게 온다. 눈두덩이가 빨갛다.

현태의 머리카락이 쭈뼛 섰다.

현태는 직감했다.

'비극이구나.'

현태는 울며 다가오는 이나를 안아 주었다.

'올 게 왔구나. 어떻게 한 번으로 임신이 되냐? 내가 정자왕이었나? 내가 미쳤어. 내가 미쳤어. 이나 생각도 안 하고 기분에 취해서 아무 생각도 못한 바보야! 이 나이에 아빠가 되어서 어떻게 이나를 먹여 살리냐!'

현태는 이나처럼 울고 싶었지만 울 수 없었다. 이나를 더 흔들 수는 없었다. 현태는 마음을 가다듬으며 이나의 등을 쓸었다.

"괜찮아, 이나야, 내가, 내가 다 할게. 뭐든 다 할게. 나 대학 안 가도 괜찮아. 그 비용으로 아기 키우자. 엄마, 아빠 내가 설득할게. 이나야, 제발 울지 마. 뭐든 다 해서 너랑 아기 먹여 살릴게. 걱정하지 마. 이나야, 울지 마. 미안해, 진짜 미안해."

현태는 이나에게 하는 말인지 스스로 다짐하는 말인지 모를 말들을 내뱉었다.

그때 이나가 눈물을 쓱쓱 닦아 내고 현태를 쳐다보았다.

"현태야, 나, 나 아니야!"

현태는 이나의 말에 귀가 번쩍 뜨였다. 숨이 멎은 얼굴로 한참이나 말을 잇지 못하던 현태가 겨우 이나에게 질문했다.

"뭐가? 뭐가 아니야?"

"나 임신 아니야. 테스트기도 필요 없었어. 나 지금 막 생리 시작했어."

이나의 말을 듣자마자 현태의 귓속으로 팡파르가 울려 퍼지는 것만 같았다.

"진짜? 진짜야? 아, 다행이다. 이나야, 우리 이제 살았다."

현태 눈에 암담했던 흙빛 미래가 장밋빛 미래로 변해 가는 것이 보였다. 안도감에 눈물이 흐르기 시작했다. 이나 앞에서 지금껏 참았던 걱정과 불안들이 눈물이 되어 주체할 수 없을 정도로 많이 흘러나왔다.

"너 아기 엄마 만들까 봐 엄청 걱정되고 또 낙태도 생각했는데 낙태로 너, 너 잘못될까 봐, 진짜 여자들 그거 수술 잘못하면 아기를 영영 못 가질 수도 있다고 해서, 엉, 수술하다가 죽은 미성년자 이야기도 있어서, 엉, 나 진짜 무서웠어. 정말 무서웠어. 내 실수로 널 망치게 될까 봐, 아, 진짜 무서웠어."

이나가 현태를 꼭 안아 주었다. 이나는 현태의 말에 주변의 차가운 공기가 따뜻하게 데워지는 느낌이 들었다. 지금껏 침착했던 현태가 무너져 내리며 아이처럼 우는 모습을 보니 가슴이 너무 찡해서 이나도 다시 눈물이 났다.

'진짜 다행이다.'

백화점 음악 소리가 이제야 귀에 들린다. 주변이 보이고 예쁜 원피스도 눈에 띄었다. 위태로웠던 일상의 모든 것들이 제자리로 돌아온 것 같았다. 이나는 현태의 머리를 쓰다듬으며 생각했다.

'너라서, 다른 누구도 아닌 널 사랑해서 다행이야.'

두 번째 이야기

——

My
Hot
Girl

My Hot Girl

똘이가 내 침대 위에 흩어져 있던 화장지 뭉치를 물고 달렸다.

엄마한테 또 한 소리 들을 게 뻔했다.

"저 새끼 진짜!"

나는 벌떡 일어나 엄마가 둘째 아들처럼 키우는 수컷 요크셔테리어를 뒤쫓았다.

"야, 당장 안 와!"

내가 위협적으로 똘이를 쫓자, 주방에 있던 엄마가 달려와 내 등짝을 내리쳤다.

"엄마가 말했지! 뒤처리 좀 잘하라고! 아니 화장지를 휴지통에 버리는 게 그렇게 힘드냐? 여동생이 없어서 망정이지 내가 진짜 창피해서 못 살겠다. 똘이가 한 번만 더 저 짓하게 하면 가만두지 않을 거다."

나는 고개를 푹 숙이고 다 기어들어 가는 소리로 "네" 하고 대답했다.

'아씨, 쪽팔려.'

똘이 저 새끼는 변태인 게 분명하다. 수컷이면서 저건 왜 물고 다니고 난리냐고!

나는 잔뜩 찌그러져서 욕실로 들어갔다.

어젯밤에도 야동을 봤다.

몸이 갈수록 좋아지고 있어 환장할 것 같다. 잘 죽지도 않는다. 누군가가 내가 먹는 음식에 비아그라를 조금씩 뿌리고 있는 건 아닌지 의심이 들 정도다. 혹시 엄마가 아빠 국에 넣을 걸 내 국에 넣은 걸까? 월요일 아침부터 이게 뭐냐!

나는 샤워를 하며 내 똘똘이를 봤다.

"인마, 작작 좀 하라고!"

내 신체 일부인데 갈수록 내 의지대로 되지 않는다. 이놈도 사춘기인가, 아무 때나 벌떡벌떡 일어난다. 무슨 민중 봉기도 아니고 왜 이러는 건지 모르겠다. 예쁜 여자아이가 지나갈 때도, 좋은 샴푸 향을 맡을 때도, 심지어 수업 시간에 자고 일어날 때도 내 똘똘이도 같이 일어났다. 하는 수 없이 쉬는 시간에도 나는 책상에 딱 붙어 있곤 했다. 미칠 지경이다, 여자아이들처럼 담요를 들고 다닐 수도 없는 노릇이고. 나는 아침밥도 먹는 둥 마는 둥 하며 엄마와 최대한 얼굴을 마주치지 않고 집을 나왔다.

복잡한 스쿨버스 안에서 기우와 혜진이가 슬그머니 손을 잡았다. 아무도 못 봤다고 생각한 모양이지만 맨 뒷자리에 앉은 나의 눈을 피해 갈 순 없었다. 젠장, 난 왜 이런 것만 잘 보는 건지 참으로 알 수가 없다. 이런 것도 매의 눈이라고 할 수 있나?

학교 나무 뒤에서 몰래 키스하는 커플도 하필 내 눈에만 잘 띄고, 수업 시간에 은근하게 눈빛을 교환하는 친구들도 잘 보였다. 하지만 아무리 쳐다봐도 날 바라봐 주는 달달한 눈빛은 없다.

'아, 왜 나만 혼자 외로워야 하나? 열여덟 인생 중 단 한 번의 연애 사건도 없는 나는 진정 슈퍼 솔로 유전자를 가진 것인가!'

우리 교실에서만이 아니라 이 우주에 그런 눈빛이 없을까 봐 진심 걱정이다. 있다면 저 레이저 불빛처럼 날카롭게 쏘아 대는 칙칙하기 이루 말할 수 없는 40대 노총각 수학 샘밖에 없는 듯하다. 너 잘 만났다는 그런 눈빛. 동병상련인가, 모태솔로의 눈엔 모태솔로만 보이는 것인지 수학 선생님이 나에게 애정 어린 손짓을 한다.

"김우석, 나와서 풀어 볼까?"

하, 나란 놈은 진짜 복도 없지.

나는 내키지 않는 발걸음으로 칠판 앞으로 걸어 나갔다. 바람한 점 없고 햇볕도 이렇게 좋은데, 하필 수학 샘이랑 눈이 맞아서 수학 문제나 풀고 있어야 하다니. 나는 낮게 욕을 내뱉으며 내 운명을 저주했다.

쉬는 시간에 기우가 엎드려서 휴대폰을 뚫어져라 보고 있었다. 또 무슨 게임을 몰래 하는 걸까 싶어 기우를 건드렸는데 기우가 깜짝 놀라며 황급히 휴대폰을 숨기려고 했다. 하지만 기우는 내 스피드를 따라오지 못했다. 나는 기우의 휴대폰을 먼저 낚아챘다. 휴대폰 화면에 얼굴도 없이 깊이 파인 브이넥 스웨터 사이로 여성의 가슴골이 살짝 보이는 사진이 떠 있었다. 사진은 연속 촬영된 것 같았다. 다음 사진에서는 가슴이 더 보였다. 마지막은 더 완벽한 여성의 가슴 사진이 나올 것 같았다.

"이 새끼 진짜 예의가 없어! 이런 건 나눔 해야지. 우리 우정이 고것밖에 안 되는 거냐?"

나는 히죽거리며 그 사진을 내 휴대폰으로 옮기려 했다.

그때 기우가 뒤에서 나를 덮쳤다.

"빨리 달라고, 이 새끼야!"

기우가 얼굴이 벌겋게 되어서는 소리를 꽥 질렀다.

"이런 건 같이 보는 거지, 새꺄, 내가 너한테 준 파일이 얼만데! 진짜 상도덕이 없는 새끼네."

한바탕 몸싸움이 벌어졌다. 기우는 죽자고 달려들었다. 무슨 대단한 것도 아닌데 왜 이런 반응인지 이해할 수 없었다. 기우가 이렇게 나오니 더 주기가 싫었다. 나 역시 필사적으로 기우의 휴대폰을 손에 쥐고 몸을 구부려 방어했다. 기우와 내 주변으로 친구들이 몰려들었다.

"뭔데 그래?"

복도에 있던 현민이까지 들어와 물었다.

"이 새끼 혼자 좋은 것 갖고 있어서 좀 나누자고 했더니 이 지랄이다."

내 말에 아이들이 "오, 뭐냐 나도 좀 보여 줘!" 하고 달려들었다.

난장판이 따로 없었다.

아이들은 어마어마한 야동의 새 발견이라고 생각했는지 다들 미친 듯이 달려들었다. 나는 벌떡 일어나 복도를 달렸다. 기우도 필사적으로 달려왔다. 3층에서 2층으로, 1층에서 운동장으로 냅다 뛰었다. 뭘 보기 위해서라기보다 기우를 놀려 주는 것이 재미있기도 했다. 아이들은 창문에 매달려 톰과 제리처럼 쫓고 쫓기는 모습을 재미있게 관전 중이었다.

하지만 아무리 생각해도 이상하다. 나에게 보여 주지 못할 정도의 사진으로 보이지 않았기 때문이다. 숨이 턱까지 찼다. 목에서 쇠 냄새가 올라왔다. 어쩔 수 없이 뜀박질을 멈췄다. 바짝 쫓아오던 기우가 내 손에 있던 휴대폰을 홱 빼앗아 가고는 다짜고짜 내 뺨을 때렸다.

정신이 얼얼했다.

"너, 한 번만 더 그러면 죽여 버린다."

기우가 엄청 살벌한 표정을 지으며 말했다. 기우는 어릴 때부터 함께 자란 친구였지만, 이렇게 화내는 모습은 처음 봤다.

"아니, 너 뭐냐? 내가 무슨 큰 걸 요구하는 것도 아니고, 너와 나 사이에, 이게 뭔 대수라고 뺨을 때리냐고?"

나는 기우의 기세에 밀려 화도 낼 수 없었다. 나는 세상 억울하다는 표정을 지으며 말했다.

"그거 혜진이 사진이라고! 시발놈아!"

기우가 울먹이는 목소리로 소리쳤다.

기우의 말에 나는 멍해졌다. 혜진이는 기우의 첫 여자 친구다.

"아니, 난, 그게……. 진작 말하지 그랬냐?"

"하마터면 다른 애들도 볼 뻔했다고! 너 때문에!"

기우의 두 눈에서 왕방울만 한 눈물이 뚝뚝 떨어졌다.

"아니 그럴 거면 뭣 하러 학교에서 보냐고!"

나는 볼멘소리로 대거리를 했다.

"그래서 몰래 보고 있었잖아!"

기우는 큰 덩치에 맞지 않게 엉엉 우는 소리를 내며 뒤돌아 걸었다. 쉬는 시간이 이미 지나 있었다. 나도 기우의 뒤를 천천히 따라갔다.

하교할 때도 기우 옆에 조심스럽게 다가갔다.
"기우야, 아까는 진짜 미안했다. 몰라서 그랬어."
기우의 눈치를 보며 말했다.
"나도 너 때려서 미안하다. 너무 다급하고 놀라서 그랬어. 그 사진은, 내가 혜진이한테 두 달을 끈질기게 졸라서 얻어 낸 거야. 밤에 딸칠 때 보려고. 혜진이는 성인이 되기 전에 절대 안 할 거라고 해서. 나도 그때까지는 참을 거라고 약속했고. 그 대가로 그거 하나만 보내 달라고 말한 거야."
나는 뭐라고 대꾸해야 할지 몰라 아무 말도 못하고 뒤따라 걸었다. 기우가 그런 내 모습에 헤드락을 걸며 장난을 걸어왔다. 우리는 다시 티격태격하며 함께 걸었다.

혜진이의 가슴 사진을 기억하고 싶지 않았지만 자꾸만 생각이 났다. 혜진이는 볼이 발그스름하고 웃을 때 윗니에 덧니가 보이는 작고 귀엽게 생긴 애다. 엄청 수줍음을 많이 타는 아이인데, 그런 사진을 보냈다는 게 믿어지지 않았다. 사귀면 그렇게 야한 사진을 교환하기도 하는 건가? 한편으로 기우가 부럽기도 했다.

나도 모르게 아랫도리가 단단해져 왔다.

사랑을 쏟아 낼 대상도 없는데 왜 이러는지 모르겠다. 밤이라 더 그런가? 나는 방문을 잠갔다.

아, 하고 싶다. 진짜 하고 싶다. 연애 같은 것. 아니 그 비슷한 썸이라도 타고 싶다. 몸도 이렇게 건강하고 좋은데, 얼굴도 이 정도면 평타는 되는데, 도대체 왜 나만 여자 친구가 없는 걸까?

외로움은 좋은 동영상으로 풀 수밖에. 이런저런 사이트에 들어가 검색하니 여고생 도촬이라는 자극적인 동영상이 있었다. 지하철 역, 학교 등등 누가 어떻게 도촬한 건지 여학생들의 짧은 스커트 밑을 찍은 사진들이 많았지만 진짜 야한 건 하나도 없었다. 나는 더 자극적인 것들을 찾았다. 모텔에서 도촬된 것도 있었다. 손이 빨라졌다. 야동보다 못한 것들이었지만 연기가 아닌 실제 사람들의 행위를 훔쳐보는 것 같아 짜릿했다.

'아, 이 맛에 이런 걸 보는구나.'

나도 모르게 자위를 했다. 하고 나서 늘 그렇듯 현타가 왔다. 이런 영상을 찾는 것도 이제 지긋지긋하다. 진짜 여자 친구가 없다는 것도 서글퍼졌다. 그러다 불현듯 예전에 들었던 랜덤 채팅 이야기가 떠올랐다. 애들이 좋은 데라고 알려 준 채팅 앱이 있었는데…… 한참이나 머릿속을 뒤지다 마침내 기억해 냈다. 남성이라고 입력하고, 사는 곳을 표기하자 금방 가입이 되었다. 이 앱은 무작위로 사람들을 연결해 주는 채팅 앱이다. 미성년자라도 문제 될 게 없었다. 성인 인증을 할 필요도 없었다.

가입 10분 만에 쪽지가 도착했다.

'안녕!'

열렬히 바라면 온 우주가 도움을 준다더니 외로움에 떨고 있는 나를 위해 우주가 답을 준 것인가? 나는 벌떡 일어나 앉았다. 여자는 곧바로 자신의 사진을 보냈다. 헉, 이건 뭐냐, 무지막지하게 예쁜 여자가 나에게 말을 걸어 주다니! 여자는 사는 곳과 이름까지 밝혔다. 서울, 이름은 이미나. 뭐 이상할 건 없는 것 같다. 자기 얼굴도 당당히 밝히고.

하, 떨린다. 뭐라고 말하지?

나는 고민 끝에 그냥 인사로 시작했다.

'응, 안녕!'

'난 스무 살인데. 넌 몇 살?'

나보다 두 살이 많다는 거지. 내가 고딩이라고 하면 그냥 나가 겠지. 나는 고민 끝에 그녀보다 두 살을 더 올렸다.

'난 스물두 살.'

'오빠네요.'

하, 나보고 오빠란다.

세상에 나에게 이런 말을 건네 주는 여자도 있구나.

'예수, 부처, 알라, 기타 등등의 모든 신이여, 감사합니다!'

여자는 오늘 하루는 어땠는지, 취미가 무엇인지 다정하게 물어왔다. 서로의 일상을 묻고 속 얘기를 나누었다. 짧은 시간 동안 우리는 급속도로 친해졌다. 얼마 후 그녀가 내 사진을 보여 달라고 해서 사진도 보냈다.

'오빠, 잘생겼어요! 우리 영상 통화할래요?'

영상 통화라, 나는 '네'라고 문자를 보냈다. 그리고 갑자기 분주해졌다. 머리를 빗고 거울을 몇 번이나 봤다. 침대 바닥에 던졌던 셔츠를 바삐 입었을 때 전화가 왔다.

"오빠!"

얼굴도 천사인데 목소리는 더 예쁘다.

그런데 이 천사 같은 여자의 옷이 너무 야하다. 단추를 풀어 깊이 파인 셔츠 사이로 그녀의 커다란 가슴이 금방이라도 흘러내릴 것 같다.

'A, B, C, D! 저 정도면 D컵일 거야. 아니 F인가? 오 마이 갓!'

나도 모르게 알파벳이 입 밖으로 새어 나올 뻔했다. 우리 교실에선 절대로 볼 수 없는 가슴 사이즈였다. 입은 옷도 별로 없는데 그녀는 자꾸 옷을 벗으려고 한다. 그녀는 정말 너무 화끈하다. 내 눈은 점점 커지고, 내 심장은 금방이라도 밖으로 튀어나올 듯 두근거렸다. 그런데 갑자기 화면이 조금 흐려졌다. 그녀의 목소리도 점점 멀어졌다. 안 돼, 안 되는데…….

"오빠, 화면이 왜 이러지? 오빠 목소리도 잘 안 들린다."

그녀가 코맹맹이 소리로 투덜거린다.

"오빠, 내가 파일 하나 보낼 테니까 그거 좀 깔아 봐. 완전 고화질로 보일 거야. 지금 당장 깔아 줘용."

내가 고개를 끄덕였다.

그녀가 내게 파일을 보냈다.

나는 그녀를 더 자세히 볼 수 있다는 말에 광속으로 파일을 깔았다. 그녀는 얼마나 더 섹시한 모습을 내게 보여 주려는 걸까, 내 기대감도 잔뜩 올라갔다.

파일을 깐 후, 예상보다 그녀가 더 적극적으로 나왔다. 그녀가 나의 몸을 원한다고 보고 싶다고 속삭였다. 그녀의 목소리는 세이렌처럼 유혹적이었다. 귓가에 속삭이는 목소리에 내 몸이 마시멜로처럼 녹아내릴 것만 같았다. 나도 모르게 옷을 벗고 있었다. 사랑하면 할 수 있는 거니까. 기우와 혜진이처럼 말이다. 나는 그녀를 위해 내 모든 것을 보여 줬다. 그녀는 엽기적인 자세를 좋아했다. 하지만 나는 그녀가 좋아한다면, 그녀가 원한다면 다 해 줄 의향이 있었다.

"야! 저장됐다."

내 귀가 잘못된 건가?

천사 같은 목소리로 나에게 '오빠'라고 부르던 그녀가 갑자기 나에게 '야'라고 말한다.

"뭐라고요?"

곧 전화가 끊겼다.

화면에서 나의 그녀가 사라졌다.

곧바로 메시지가 도착했다.

'통화 중에 네 몸 다 찍었어. 돈 주고 합의할래, 아님 네 지인들에게 네 알몸 사진 돌릴까?'

헉, 이게 뭐지?

이게 무슨 날벼락인가!

나의 그녀가 갑자기 조폭처럼 말한다.

'50만 원 입금해. 지금 당장! 만약 입금하지 않으면 부모님 폰으로 네 동영상 보낼 거니까 그런 줄 알고.'

입속의 혀처럼 달콤하게 굴던 그녀가, 사랑이란 말도 아무렇지 않게 말하던 그녀가 이렇게 돌변할 줄이야!

갑자기 손이 떨렸다.

나는 알몸으로 휴대폰을 들고 어떻게 해야 할지 몰라 방 안을 서성거렸다. 손톱을 물어뜯어도 생각이 나지 않는다. 어떻게 된 거지? 아까 그 파일이 내 연락처를 해킹한 건가? 이게 그 유명한 몸캠 피싱인가? 내가 완전 당한 거잖아.

내 동영상을 부모님과 친구들이 본다고 생각하니 눈앞이 깜깜해졌다.

'내가 미쳤어. 내가 미친 거야. 무슨 우주가 도와주겠어, 나 같은 놈을!'

나는 그녀에게 애원하기 시작했다.

'저기요, 전 미성년자예요. 이제 고2 됐어요. 누나, 나이 속여서 죄송한데요, 저 돈도 없어요.'

'개소리하지 말고 돈이나 보내!'

그녀가 완전히 달라졌다. 완벽한 변신, 아까 코맹맹이 소리를 냈던 그녀가 맞는지 아니면 내가 악몽을 꾸고 있는지 분간할 수 없었다. 나는 달아나려는 나의 이성을 잡느라 정신이 없었다. 정신줄을 다시 챙겨 문자를 보냈다.

'저 진짜 돈 없어요. 거지예요. 고딩이 무슨 50만 원이 있겠어요. 할인해 주시면 안 될까요? 청소년 할인이요. 제발요!'

나는 휴대폰을 뚫어져라 쳐다보면서 답장을 기다렸다.

잠시 후에 답이 왔다.

'좋아, 25만 원 보내. 대신 당장이야! 1시간 안에 안 보내면 바로 전송할 거야.'

메시지가 도착하자마자 정신이 아득해졌다. 50만 원보다 할인된 가격이지만 이 밤중에 저 돈을 어디서 구한단 말인가! 아무리

머리를 굴려도 그 돈을 구할 수 없을 것 같다. 어쩔 수 없이 다시 문자를 보냈다.

'저기요, 제가 진짜 돈이 없거든요. 부탁인데 제발 거기서 조금 더 빼 주시면 안 될까요? 전 재산이 3만 원이에요.'

나는 무릎을 꿇고 문자를 보냈다. 그녀가 보고 있지도 않지만 나도 모르게 그런 자세가 되고 말았다.

'노오력도 안 해 보고 돈을 못 구한다는 소리가 나오니? 노오력을 해 봐! 이 새끼가 어디서 장난을 쳐. 지금 네 엄마한테 바로 보낸다.'

'안 돼요! 제발요, 알겠어요. 제가 어떻게든 구해 볼게요. 대신 시간을 좀 주세요. 꼭 부탁해요. 하루라도 좀 주세요.'

그녀가 고민하기 시작했는지 문자가 뜨지 않는다. 나는 기도문을 외우며 제발 그녀가 할인을 더 해 주기를, 나에게 더 긴 시간을 주기를 기도했다.

'야, 그럼 내일 오후 5시까지 보내! 더 이상은 합의 없다.'

내일 5시, 5시까지 이 돈을 어떻게 구할까?

연락이 끊겼다.

나에게 거금 25만 원을 내일 오후 5시까지 구하라는 미션을 주며 예쁜 그녀가 휴대폰 속에서 사라졌다. 나도 모르게 다리에 힘이 풀리면서 주저앉았다. 내 방 거울에 한심한 내가 보였다. 꽤 적

나라한, 상당히 볼썽사나운 모습이었다. 나는 엉거주춤 일어나 팬티를 추켜올렸다. 내가 한 행동을 생각하니 한심해서 미칠 것 같았다. 나 자신에게 화가 나서 머리를 벽에 박았다. 나도 모르게 눈물이 나오기 시작했다. 한 번도 이렇게 울어 본 적이 없는데 참을 수 없을 정도로 눈물이 흘렀다. 다시 생각해 보니 너무 멍청하게 당해서 어처구니가 없을 지경이었다.

내일 아침이 오지 않았으면 좋겠다. 자연재해가 모두 내일 일어났으면 좋겠다. 홍수, 지진, 해일, 태풍……. 아니다. 한 방에 가는 게 좋겠다. 행성이 지구와 충돌해서 모두가 한꺼번에 멸종했으면 좋겠다. 그래서 사악한 그녀와 함께 죽었으면 좋겠다.

눈을 떴다.

어떻게 잠든지도 모르겠다. 아무 일도 없었던 것처럼 하루가 다시 시작되고 있었다. 내 인생도 리셋이 될 수 있을까? 혹시 어제 일은 꿈이 아니었을까? 눈을 비비고 다시 휴대폰을 들여다봤다. 어제의 악몽이 다시 반복될 뿐이었다. 나는 휴대폰을 가방에 집어넣었다.

아침밥도 먹지 못하고 이른 시간 학교로 갔다. 머릿속이 복잡해 죽을 것 같다. 어떻게 돈을 마련할까? 그 돈만 주면 다 해결되는 걸까? 아씨, 머리가 터질 것 같다. 교실에 앉아 미친 듯이 생각했지만 뭔가 그럴 듯한 해결책이 나오지 않았다. 우선 돈을 마련해야 해서 돈을 빌릴 수 있는 친구들의 리스트를 적었다.

"야, 김우석, 뭐하냐? 그 명단은 다 뭐고? 설마 데스노트냐?"

기우 녀석이 다가와 아는 척을 했다.

"기우야, 나 돈 좀 빌려줘라. 가능하면 많이!"

"뭐야, 아침부터 재수 없게. 나 돈 없어."

기우가 갑자기 쌀쌀맞게 돌아선다.

"야, 좀 도와줘, 내가 이 은혜 평생 갚을게."

"무슨 일인데?"

"이유는 묻지 말고. 좀 줘."

"너 뭐 사고 쳤냐?"

"아, 몰라. 돈이나 내 놔!"

사고쳤냐는 말에 기분이 나빠져서 나도 모르게 화를 내며 말했다.

"이 새끼가 돈 빌리는 놈이 내 놔가 뭐야! 다시 공손하게 말해봐."

기우가 아침부터 내 속을 썩인다. 혜진이 사진 때문에 그런가 보다. 그래도 돈을 빌릴 수만 있다면 이런 굴욕이 대수랴! 나는 두 손을 앞으로 내밀며 공손하게 "돈 좀 빌려줘."라고 얘기했다. 그랬더니 기우 녀석이 다시 말한다. "귀엽게, 예쁘게, 사랑스럽게 부탁해 봐!"라고.

나는 그 녀석의 뒤통수를 냅다 갈겼다.

"아이씨, 손 더럽게 맵네. 진심이었냐? 나 진짜 없어. 내가 무슨 돈이 있겠냐?"

나는 기우의 말에 좌절해 책상에 쓰러지듯 엎드렸다.

기우가 주저하다가 주머니를 뒤지더니 내 머리맡에 무언가를 뒀다.

"야, 쟤 왜 저래?"

현민이의 목소리도 들렸다.

둘이 뭐라뭐라 속삭이듯 말하고는 자리를 떴다. 잠시 후, 고개를 들었을 땐 내 앞에 구겨진 만 원짜리 지폐 한 장과 칠천오백 원이 놓여 있었다. 둘의 주머니를 다 턴 돈일 거다.

'하, 내가 벼룩의 간을 빼먹지. 같은 고딩인데 돈이 있을 리가 없지. 나도 없는데.'

그래도 한푼이라도 아쉬운 때라 돈을 주섬주섬 모아 가방 앞주머니에 넣었다. 그러고는 다시 팔등에 고개를 묻었다.

"야, 학교 축제 때 입을 반티 값 내일까지 꼭 내야 해!"

회장이 쉬는 시간에 내 팔등을 툭툭 치며 말했다. 나는 자는 척하며 미동도 하지 않았다. 회장은 내지 않은 친구들에게 신신당부했다.

수업 시간에는 선생님의 말이 귀에 하나도 들어오지 않았다. 책상에 엎드려 대놓고 잤다. 머릿속에는 25만 원만 왔다 갔다 했다. 시간은 내 맘도 몰라주고 자꾸 빠르게 지나가고 있었다.

'미쳐 버리겠다. 진짜, 어디서 돈을 구해야 하나?'

4시가 되었다.

메시지가 왔다.

'오늘 오후 5시, 약속 안 지키면 곧바로 다섯 명에게 네 동영상을 보낼 거다. 네 부모님, 담임 샘, 이기우, 김현민.'

쓰러질 것 같았다.

모두 휴대폰 연락처 상단 부분에 있는 전화번호였다. 나의 정보가 고스란히 넘어간 것 같다.

우리 부모님은 그렇다 쳐도 담임 샘은 안 된다. 담임 샘의 이름을 보자마자 경기가 일어날 것 같았다. 다시 가슴이 쿵쾅거렸다. 아무리 절친이라도 기우와 현민이에게도 이런 굴욕적인 사진을 보이고 싶지 않았다.

나는 수업이 채 끝나기도 전에 학교 밖을 뛰쳐나왔다. 머릿속으로 각종 아이디어를 짜내면서 말이다. 그때 회장의 말이 생각났다. '반티 값!' 5시가 되기 전에 일을 막아야 한다. 버스를 타고 내려서 우리 아파트까지 치타처럼 달렸다. 심장이 튀어나오고 목구멍에서 피가 나올 것처럼 힘들었다.

"엄, 엄마!"

나는 집으로 돌아오자마자 엄마 팔을 잡고 늘어졌다.

"왜 그래, 무슨 일 있니?"

엄마가 내 모습에 놀라 황급히 주방에서 물을 가져다주었다.

"엄, 엄마, 돈, 돈, 25만 원 계좌 이체!"

나는 헐떡이며 엄마에게 계좌 번호를 보여 주었다.

"이게 뭔데? 급한 거야? 아들 뭐 사니?"

"엄마 우선 보내고 설명해 줄게. 제발 아들 목숨 살린다 치고 돈 좀 보내 줘. 이거 학교 축제 준비물. 내가 대표야, 대표. 애들 대신 내가 준비를 해야 하는데 오늘 안에 대금을 보내야 준대. 그런데 아이들 돈을 내가 다 못 걷었거든. 그러니까 엄마가 대신 좀 보내 줘. 내가 아이들한테 받으면 엄마 돌려줄게."

나는 헉헉거리면서도 할 말은 다 했다.

엄마는 내 즉흥적인 거짓말에 대수롭지 않게 "응, 그래."라고 답했다. 엄마가 구세주였다. 나는 엄마의 얼굴을 보며 소리쳤다.

"엄마, 평생 효도하며 살게요!"

간만의 애정 표현이라 그런지 엄마가 피식 웃으며 휴대폰을 들고 와서는 내 앞에서 곧바로 폰뱅킹을 통해 계좌에 돈을 보냈다. 나는 무너지듯 식탁 의자에 앉았다. 그나저나 이제 또 엄마한테

이 돈을 어떻게 갚나? 알바를 알아봐야 하나? 휴, 이제 끝난 거겠지. 나는 아예 바닥에 누워 버렸다. 가슴이 후련해졌다.

　다음 날 밤, 그녀가 또 하나의 미션을 내게 줬다.
　'내일 오후 5시까지 미납된 25만 원 송금! 송금하지 않으면 내일 넌 우주 대 스타가 되어 있을 거야. 학교에서! ㅋㅋ'
　새로운 미션에 경기가 일어날 정도로 놀랐다. 이제 다 끝난 거라고 생각했는데. 망했다!
　'어제 보냈잖아요. 저 정말 돈 없어요. 어제 보낸 돈도 엄마 돈 훔친 거예요. 제발 부탁입니다. 이제는 훔칠 돈도 없어요.'
　나는 애원하듯 문자를 보냈다.
　'그래? 그럼 다른 걸로 갚던가.'
　그녀의 문자에 나는 다시 몸을 떨어야 했다.
　'다른 것'이 도대체 뭘까?
　'삐끼 알지? 호객 행위 말이야. 내가 알려 주는 랜덤 채팅 앱을 이용해서 네가 남자들을 끌어들이는 거야. 내가 방법을 알려 줄 테니까 앞으로 한 달 동안 말 잘 들어야 한다. 돈을 다 못 갚았으니 알바라도 해야지.'
　나는 입술을 깨물었다. 억울하고 화가 났지만 한 마디도 대꾸하지 못했다.

곧 무더기 메시지가 들어왔다.

'이 새끼가 씹냐?'

'너 제대로 못하면 네 몸이랑 신상 인터넷에 게시할 거다.'

'답 없으면'

'바로 시작한다.'

나는 놀라서 곧바로 답장을 했다.

'아니에요. 지금 학원이라서 그래요.'

'할게요. 다 하겠습니다.'

나는 휴대폰에 넙죽 절이라도 하는 것처럼 고개를 숙였다.

다시 한 번 문자가 날아왔다.

'만약 못한다고 하면 그날로 네 연락처에 있는 모든 사람에게 네 동영상 보낼 테니까 각오하고. 연예인처럼 유명해지는 건 시간 문제겠지.ㅎㅎ'

그녀는 새로운 미션을 주고 사라졌다.

그 미션은 바로 사이버 호객 행위였다. 내가 당한 똑같은 방식으로 사람들을 속이는 행위. 무언가 가슴을 자꾸 찔렀다.

그날 밤부터 나는 새벽 2시까지 잠을 잘 수 없었다.

나는 그녀가 내게 했던 것처럼 남자들에게 메시지를 보냈다.

'오빠, 오빠 것도 보여 줘요. 앙, 지금, 당장!'

공부도 새벽 2시까지 해 본 적이 없는데 나는 그녀에게 잡혀 이 짓을 2주 동안 하고 있다.

더는 견딜 수가 없었다. 노예가 따로 없다. 잠은 오는데 새벽까지 남자들에게 메시지를 보내야 해서, 학교 공부도 학원 숙제도 할 수 없었다. 이렇게 살 바에는 죽는 게 낫다는 생각까지 하게 되었다. 거울을 보니 다크써클은 무릎 밑까지 내려갈 지경이고, 몰골은 좀비화 되고 있었다. 잠을 못 자 정신이 혼미하고, 걸을 때마다 발밑이 푹푹 꺼지는 것 같았다. 아침에 눈을 뜨면 한숨부터 쉬어졌다. 차가운 물 한 잔을 마셔도 시원하기는커녕 되려 가슴께가 답답해졌다.

외모는 그렇다고 해도, 덫에 빠진 내가 또 다른 덫을 만들어 나 같은 피해자들을 대량으로 만들고 있다고 생각하니 죄책감으로 잠을 잘 수도 없었다. 내가 하는 일이 독립투사처럼 나라를 구하는 일이거나 슈퍼히어로처럼 악당을 물리치는 일이라면 얼마나 좋을까? 지금 하고 있는 일만 아니라면 어떤 위험한 일도 할 수 있을 것만 같았다.

그런데 정의를 구현하는 것도 아니고 멀쩡한 사람들을 나처럼 만드는 일을 하고 있으니, 마음이 썩어 문드러질 것 같다. 이제 휴대폰 보기가 무서웠다. 전화벨 소리에도 깜짝깜짝 놀라고 문자 신호음을 들어도 몸이 움츠러들었다. 누구한테 물어볼 데도 없고 하소연할 곳도 없었다. 어떻게 해야 하나?

'에라, 모르겠다.'

딱 하루, 일찍 잠에 들었다. 매일 새벽까지 일하느라 피로가 쌓였는지 그대로 아침까지 일어나지 못했다. 당연히 그날 내가 맡은 일을 하지 못했다. 부담감 때문인지 쫓기는 꿈을 꾸었다. 그리고 그날, 내가 우려했던 일이 일어나고야 말았다.

쉬는 시간에 수학 샘이자 담임 샘이 자꾸만 이상한 눈으로 쳐다보더니, 머뭇거리며 나를 불렀다.

"저기, 우석아, 이따가 교무실로 와라."

엄마한테도 문자가 왔다.

'오늘 수업 끝나고 나서 바로 집으로 와! 꼭! 어디 딴 데 들르지 말고. 아니다. 엄마가 갈게.'

뭔가 심상치 않다.

기우와 현민이도 내 눈치를 슬금슬금 보며 다가왔다. 그러다 기우가 휴대폰을 들이밀며 말했다.

"저기 우석아, 너 혹시 몸캠 당했냐?"

나는 차마 기우와 현민이를 볼 수 없었다.

'보냈구나, 사악한 그녀가 드디어 보냈구나. 단 하루도 봐주지를 않는구나.'

내가 두더지가 되면 얼마나 좋을까? 지금 이 순간 두더지처럼 삽질을 해서 지구 반대편으로 구멍을 뚫고 나갈 수 있다면 얼마나 좋을까? 멍청한 나, 정신 나간 나, 죽어 마땅한 나!

 나는 벌떡 일어나 복도로 나갔다. 나도 모르게 몸이 비틀거렸다. 비틀거리면서도 앞으로만 걸어 나갔다. 친구들이 내 뒤를 따라오는 소리가 들렸다. 나는 정신을 차리고 달렸다. 경주마처럼 앞만 보며 달렸다.
 아무 생각도 들지 않았다. 전교생의 휴대폰에 내 알몸이 퍼져 나갈 생각을 하니 쪽팔려 죽어 버릴 것 같았다. 남자아이들이 몰려들어 야유를 보내고, 웃고 떠들 것이라는 생각이 들었다. 벌써 깔깔거리는 소리가 환청처럼 들렸다.
 여자아이들은 "꺄아악" 소리를 치며 나를 끔찍한 벌레 쳐다보듯 볼 것이다. 모두가 나에게 손가락질을 할 것이다. 곧 학교가 내 얘기로 떠들썩해져서 내 일을 전교생이 알게 될 것이다. 나는 철저히 외톨이가 될 것이다. 하긴 나라도 나 같은 놈이랑은 친구하고 싶지 않을 것 같다. 선택의 여지가 없다. 이제 버틸 힘도 없다.
 뒤에서 기우와 현민이가 나를 부르며 달려오는 소리가 들렸다.
 난 뒤도 돌아보지 않고 달리기만 했다.
 우리 동네에서 가장 높은 빌딩은 어디일까?
 실수해서도 안 된다. 단 한 번에 떨어져 죽어야 할 곳이어야 한다. 괜히 어중간하게 떨어져서 목뼈나 척추 손상으로 평생 일어나지도 못하고 사는 건 견딜 수 없을 것 같다. 20층 이상이면 완벽하게 죽을 수 있을 것이다. 번지 점프를 하듯이 그렇게 떨어질 것이다.

한참을 전력 질주를 하고 나서 택시를 잡아탔다.

"아저씨, ○○ 빌딩으로 가 주세요."

그 빌딩은 우리 동네에서 가장 높은 빌딩이다.

주상 복합 건물이라 상가도 많았고, 그 위는 아파트였다. 내 생일에 가족들과 저녁 식사를 했던 레스토랑도 있다.

나는 택시에서 내려 건물 안으로 뚜벅뚜벅 걸음을 옮겼다. 지금 시간은 11시 30분. 아직 좀 이른 시간이긴 했지만 레스토랑으로 향했다. 죽더라도 밥은 먹고 죽고 싶었다. 지갑에 있는 돈을 모두 세어 보니 토마토소스 해물 스파게티와 레귤러 피자 정도는 먹을 수 있었다.

시간이 애매해서 그런지 레스토랑에는 손님이 없었다. 이곳은 5층. 나는 창가 쪽에 자리를 잡고 앉았다. 5층 높이도 이 정도인데 30층이면 오죽할까? 갑자기 한숨이 나왔다. 이렇게 멍청하게 사느니 죽는 게 엄마와 아빠를 위해서도 나을 것이라는 생각이 들었다.

주문한 메뉴가 나왔다.

나는 스파게티를 포크로 돌돌 말아 먹었다. 가슴이 미어질 것 같았다. 이승에서의 마지막 식사라고 생각하니 서러움이 자꾸만 올라왔다. 좀 더 나은 걸 먹어야 하는데, 돈이 이것밖에 없어서 마지막 가는 길에 스테이크도 못 먹고……. 눈물을 흘리면서도 손으로 피자를 둘둘 말아 먹었다. 죽기 전인데도, 눈물이 나는데도, 식성은 죽지를 않는다. 아, 난 뭐냐?

마지막 식사를 마치고 절친인 기우와 현민이에게 문자를 보냈다. 왠지 그래야만 할 거 같았다.

'내 게임 CD와 기기는 모두 너희 것이다. 그동안 고마웠다.'

문자 전송 버튼을 누르고는 옥상으로 가기 위해 엘리베이터로 향했다.

아파트 쪽으로 올라가는 엘리베이터 앞에 비밀번호가 설정되어 있었다. 나는 한참을 기다렸다가 다른 사람이 나갈 때 슬쩍 타고 올라갔다. 엘리베이터를 타고 마침내 옥상에 도착했다. 하지만 옥상 문이 다 잠겨 있었다. 다른 라인으로 가면 열려 있을까? 다시 1층으로 내려가서 이번엔 3, 4 라인 쪽으로 가 보려고 했는데 이번엔 비밀번호를 눌러 줄 방문객이 없었다. 죽치고 기다리는 것도 점점 눈치가 보였다.

내 휴대폰은 계속 진동으로 몸을 부르르 떨고 있었다. 하지만 보고 싶지 않았다. 기우나 현민이가 보낸 것일 수도 있겠지만 어쩌면 사악한 그녀가 보낸 것일 수도 있기 때문이다. 아니면 선생님이나 엄마가 보낸 문자일 수도 있고, 우리 학교 애들이 무슨 일이냐고 물어보는 문자일 수도 있다. 지금쯤 그녀가 내 연락처 모든 곳으로 내 몸 동영상을 보냈을지도 모른다. 그 사실을 확인하고 싶지 않다. 나는 휴대폰 전원을 꺼 버렸다.

빌딩 밖으로 나와 다시 거리를 걸으며 높은 빌딩들의 층수를 세었다. 25층이면 확실하겠지? 하지만 옥상까지 올라가는 일은 쉽지 않을 거 같다.

이러고 싶지 않지만 우리 아파트는 정확히 20층이다. 옥상으로 올라가는 길도 잘 알고 있다. 어쩔 수 없이 우리 집으로 향했다. 엄마에게 괜히 미안했다. 여기서 죽는다고 집값 내려가는 건 아니겠지. 엄마한테 효도해야 하는데…….

혹시라도 아는 사람을 만날까 봐 주변을 두리번거리며 조심스럽게 옥상으로 향했다. 나는 지질하게 죽지 않을 것이다. 대범하게 한 번에 옥상 난간에 올라가 뛰어내릴 것이다. 주저하면 안 된다. 안중근이 가슴 속에서 권총을 꺼내기 직전의 심정이 이러했을까! 나는 굳은 결심을 하며 옥상 난간에 다가갔다.

20층 아래를 내려다보았다.

순식간에 결심이 흔들렸다.

높이가 장난 아니다. 보고만 있어도 발바닥이 간질간질해졌다.

다리가 후들거리고 가슴이 옥죄어왔다. 식은땀까지 났다.

'존나 무섭다. 혹시 나 고소공포증? 진짜 미치겠네.'

떨어져 죽는 것이 무서울까, 나의 엽기적 알몸을 다 본 친구들과 학교에 다니는 것이 더 무서울까?

답은 바로 나왔다.

남들의 웃음거리가 되느니 차라리 죽는 것이 나았다. 모든 이들이 나를 비웃을 내일을 진정 맞이하고 싶지 않았다. 나는 없던 용기를 끌어내어 난간에 손을 짚어 다리 한쪽을 올렸다. 그때 매서운 바람이 '휙' 하고 불었다. 몸이 기우뚱해졌다.

나는 나도 모르게 '으악' 하고 소리쳤다. 생존 본능으로 난간을 미친 듯이 잡고 옥상 쪽으로 무게 중심을 옮기려 발버둥 쳤다. 가까스로 옥상 쪽으로 발을 디딜 수 있었다.

"시발, 진짜 죽을 뻔했네!"

나는 가슴을 쓸어내리며 소리쳤다.

그러다 내가 뱉어 낸 소리에 어이가 없어서 웃음이 나왔다. 죽으려고 왔는데 진짜 죽을까 봐 걱정을 하다니. 혼자 미친놈처럼 웃음을 터뜨렸다. 생각할수록 어처구니가 없었다. 그러다 벽에 기대 쭈그려 앉아 울었다.

"병신같이 죽지도 못하고, 존나 지질하다, 지질해."

죽는 것도 실패하고 나니 더욱 무기력해졌다.

이제 죽지도 못하면 무엇을 할 수 있을까?

아무것도 보이지 않았고, 무엇을 해야 할지도 생각나지 않았다.

나는 옥상 바닥에 대자로 누웠다.

"피자를 먹을 게 아니라 소주를 왕창 마셔야 했는데. 왜 그 생각을 못했을까? 맨 정신으로 어떻게 뛰어내릴 수 있을까?"

타임머신으로 이동도 안 되고 죽음으로 도망칠 수도 없다. 그렇다고 이 고통을 짐짝처럼 남에게 넘겨 버릴 수도 없다. 온전히 나혼자 감당해야 할 일이었다. 나는 하늘을 멍하니 바라봤다. 그 하늘 위로 내가 지금껏 본 수많은 도촬한 사진과 모텔 동영상 속 피해자들의 모습이 떠올랐다. 왜 지금 그런 생각이 날까? 단 한 번도 생각해 보지 못한 것이 왜 지금 떠오를까? 키득거리며 내 욕정을 풀어 버릴 수단이었던 영상 속 주인공들이 나와 같은 사람들이란 걸 왜 이제서야 깨달은 걸까?

유포된 동영상으로 괴로워했던 수많은 소녀나 여성들이 자살한 사건을 TV나 인터넷 기사에서 봤을 때도 별다른 감흥이나 슬픔도 없었다. 오히려 '행동거지가 이상한 여자들이니 그런 일이 생겼겠지.'라고 내 맘대로 생각했다.

이제서야 그들의 심정에 공감하게 되었다. 그 사람들도 나 같은 마음이었겠지. 자신이 찍힌 사진이나 동영상이 다른 사람들의 욕정의 희생양이 되거나 유흥의 대상이 된다면, 그리고 평생 떠돌아다니며 재생된다는 걸 알게 된다면 나처럼 죽고 싶겠지. 그렇다면 지금 내가 겪고 있는 이 상황은 인과응보일까?

갑자기 혜진이의 가슴 사진도 떠올랐다. 혜진이가 걱정되었다. 기우가 그걸 친구들에게 들킨다면 아마 혜진이도 나 같은 일을 겪게 되지 않을까? 나는 벌떡 일어나 휴대폰을 꺼내서 전원을 켰다. 수많은 부재중 전화와 문자가 와 있었다. 나는 아무것도 보지 않고, 기우에게 문자를 보냈다.

'혜진이 사진 바로 지워라. 잘못했다가는 내 꼴 난다. 나의 마지막 유언이다.'

나는 옥상에서 바라본 하늘 사진을 같이 보냈다.

마음이 조금 안정되었다.

그래도 죽기 전에 착한 일 하나는 하고 죽어 다행이라는 생각이 들었다.

다시 옥상 난간에 섰다.

서늘한 바람이 좋았다.

하늘은 푸르렀다.

내 몸을 데워 주는 따뜻한 햇볕도 좋았다. 옥상과 옥상 너머는 이토록 다른 공간이다. 옥상 난간을 넘기만 하면 나는 더 이상 이 따뜻한 햇볕을 쬐지 못할 것이다. 정신을 번쩍 나게 하는 차가운 바람도 느끼지 못할 것이다.

내 장례식을 상상해 보았다.

문상객들이 서로 조심스럽게 나의 사인을 묻겠지.

"그런데 이 집 아드님의 사인이 뭔가요? 왜 죽은 건가요?"

그들에게 부모님은 뭐라고 답해야 하나, 최소한 '몸캠이요'라고 말하며 대성통곡하게 만들고 싶지 않다. 너무 어이없다.

소주를 사 와야겠다는 생각을 했다.

나는 책가방을 뒤지기 시작했다. 교과서와 노트만 나왔다. 가방 앞주머니 지퍼를 열어 거꾸로 탈탈 털었다. 그 속에서 기적처럼 만칠천오백 원이 나왔다. 갑자기 그날이 떠올랐다. 기우와 현민가 내게 준 돈. 그들이 가지고 있던 모든 돈. 돌연 내 의지와 상관없이 눈물이 나기 시작했다. 나에겐 이렇게 좋은 친구가 있었는데. 이제 더는 얘네랑 놀지도 못하겠구나. 나는 주저앉아 끄억끄억 울었다.

울고 나니 마음이 한결 편해졌다. 옥상에 대자로 누웠다. 그리고 천천히 주변을 살폈다. 옥상 입구에 눈길이 갔다. 문 위에 EXIT가 쓰여 있는 표시등이 오래되어 대롱대롱 매달려 있었다. 초록색 사람이 열린 문을 향해 달려가는 픽토그램에 눈길이 갔다. 멍 때리며 내내 그 그림만 봤다.

출구가 있다.

아니, 여기가 출구였어.

입구가 있다면 출구가 있지. 문제지 뒤에는 늘 해답지가 있듯이. 지금 내 문제에도 해답지가 있지 않을까? 이 세상엔 모두 짝이 있으니까. 숟가락과 젓가락, 앞과 뒤처럼. 지금껏 경주마처럼 앞만 보고 도망치기만 했는데 왜 그 생각을 못했을까? 나는 왜 지금 나의 문제에 죽음만이 답이라고 생각하게 되었을까? 나처럼 생각한다면 이 세상 어려운 문제의 대다수 답이 죽음일 것이다. 그것은 답이 아니라 회피겠지. 원효대사가 썩은 해골 물을 마신 것 같은 느낌이 들었다.

"유레카!"

나는 벌떡 일어나 옥상 위에서 소리를 질렀다. 사악한 그녀는 내가 죽어도 눈 하나 깜짝하지 않을 것이다. 어차피 죽을 생각까지 했다면 뭔가 해 보고 죽는 것이 나았다. 가만히 앉아서 죽음을 기다릴 게 아니라 말이다. 나는 그녀에게 반격의 어퍼컷을 먹이고 싶었다. 손에 힘이 들어가 주먹을 꽉 쥐게 되었다. 눈앞이 깜깜한 어둠이라고 생각했는데 갑자기 희망의 불꽃이 마음속에서 피어오르기 시작했다. 완전히 새로운 마음으로 난간 앞에서 두 손을 번쩍 들었다.

그때 비상구 문이 벌컥 열리며 우렁찬 목소리가 들렸다.

"야, 김우석!"

기우가 쩌렁쩌렁한 목소리로 나를 불렀다.

"헉, 저 새끼 진짜, 미친 거 아니야!"

현민이도 소리를 질렀다.

숨을 헐떡이며 기우와 현민이가 내게 달려왔다. 달려오자마자 둘은 날 옥상 난간에서 멀찌감치 떼어 냈다.

"이 새끼 진짜 죽으려고 한 거야! 야, 이 새끼야! 우리가 너한테 뭐였냐? 응?"

현민이가 내 팔을 잡으며 악을 썼다.

"뭐 이런 일로 죽으려고 지랄이야!"

기우가 내 등짝을 내리치며 소리 질렀다.

나는 그런 기우의 손을 뿌리치고 기우의 멱살을 잡았다.

"너 당장 지워! 지우라고! 무슨 뜻인지 알지?"

기우가 눈을 껌뻑이다가 곧 무슨 말을 하는지 이해했는지 고개를 끄덕였다.

"지웠어. 네 문자 보자마자."

기우가 작은 목소리로 답했다. 현민이가 중간에서 멀뚱거리다 "무슨 사진인데?" 하고 물었다.

"아무것도 아니야!"

나와 기우는 동시에 대답했다.

"엄마랑 아빠한테 빨리 전화해. 너 여기 있는 줄도 모르고, 지금 여기저기 전화하고 너 찾아다니느라 난리가 났어. 너희 엄마 곧

쓰러지실 것 같더라. 친구들도 네 걱정 엄청 많이 하고 있어."

현민이가 내 휴대폰의 전원을 켜며 말했다.

나는 고개를 끄덕였다.

우리는 한동안 아무 말도 하지 않았다. 옥상에서 내려다보니 퇴근하는 사람들이 보였다. 차량들도 환한 불빛을 내며 집으로 돌아가고 있었다. 아파트 놀이터에서 신나게 뛰어놀던 아이들도 엄마 손에 이끌려 집으로 돌아가고 있었다.

"내려가자."

나는 침묵을 깨고 기우와 현민이에게 말했다.

"그래 제발 걸어서 내려가자. 우린 날개가 없잖아."

기우 녀석이 빙긋 웃으며 내 손을 잡아 주었다.

"그래, 내려가서 뭐 좀 먹자."

현민이도 빙긋 웃으며 대답했다.

내내 난 혼자라고 생각했다. 하지만 난 혼자가 아니었다.

나는 현민이와 기우의 어깨를 꼭 잡았다.

EXIT란 써진 옥상 비상구 문으로 들어올 때만 해도 난 그곳이 탈출구라고 생각하지 못했다. 내게 옥상은 죽음의 공간이었다. 내 안에 갇혀 덩치만 키우던 두려움 때문에 출구를 볼 수 없었다. 나에게 지금 필요한 건 나를 위해 출구를 만들어 주는 것이었는데도 말이다.

기우와 현민이도 나를 꽉 붙잡아 주었다. 휘청이던 몸과 마음이 안정을 찾아가는 듯 아까보다 한결 편안해진 느낌이 들었다.

'그래, 쪽팔림은 잠시잖아. 죽는 건 한순간이지만 영원히 돌아올 수 없는 거고. 휴, 득도를 죽기 전에 해서 얼마나 다행인지……. 진짜 죽을 뻔했네.'

너에게서 온 봄

너에게서 온 봄

"전원이 꺼져 있어 삐 소리 후 소리샘으로 연결⋯⋯."

준혁은 한숨을 쉬며 통화 종료 버튼을 눌렀다.

일주일째 지우는 전화를 받지 않는다. SNS 계정도 없애 버려 연락할 방법이 없다. 초조한 마음으로 휴대전화가 울리기만 기다렸다. 준혁은 휴대폰이 제대로 충전되었는지 혹시 부재중 전화는 없었는지 시도 때도 없이 확인했다. 수업이 끝나는 대로 전화를 했지만 지우는 여전히 받지 않았다. 준혁은 막막했다. 사막 한가운데 던져진 것 같다. 이런 상황은 단 한 번도 겪어 보지 않았고, 예상조차 해 보지 않아서 어떻게 해야 할지 암담했다.

마음이 어지러워서 점심도 제대로 먹을 수 없었다. 결국 급식실을 뛰쳐나왔다. 생각 없이 걷다 보니 벚나무 아래였다. 나무 아래

벤치에 앉아 있던 지우가 멀리서 오고 있는 준혁을 발견하고 손을 흔들던 모습이 떠올랐다. 운동장 절반만큼이나 멀고, 주변의 모두가 교복을 입고 있어도 지우는 준혁을 금방 알아보곤 했다. 점심시간에 그런 곳에 혼자 앉아 있을 사람은 지우뿐이라서 준혁은 지우를 금방 알아볼 수 있었지만, 지우가 자기를 멀리서도 알아보는 건 신기했다. 지우에게 물으면 "너는 걸음걸이가 엄청 웃겨."라고 놀렸다. 준혁은 지우의 놀림에도 기분이 좋았다. 준혁 역시 한 무리의 여학생들의 웃음소리 속에서도 지우의 목소리를 알아차릴 수 있었으니까. 준혁은 사랑이 만들어 내는 이런 능력들이 초능력처럼 느껴졌다.

점심을 후딱 먹고는 약속이나 한 것처럼 언제나 그 벤치에서 단둘이 시간을 보냈다. 손깍지를 끼고 별것도 아닌 말을 주고받으며 놀았고, 가끔 준혁이 건네는 아재 개그에도 지우는 까르르 거리며 웃어 주었다. 지우가 벤치 위에서 발이 닿지 않는 두 다리를 앞으로 왔다 갔다 하며 흔들어 대던 모습이 준혁의 눈앞에 아른거렸다.

"준혁아, 너무 좋다. 바람도 좋고, 날씨도 좋고."

지우는 바람의 향기를 맡으려는 듯 눈을 감고 심호흡을 하며 말했다.

"가을도 좋지."

"맞아, 가을도 좋지. 하지만 난 봄이 더 좋아. 봄엔 이렇게 벚꽃도 피고 햇살도 좋고 향기도 좋으니까. 하지만 너무 아쉬워. 금방 가 버려서."

"그래, 그런 것 같아. 너무 짧아."

지우가 준혁의 말에 고개를 끄덕였다.

준혁은 지우와 함께 보내는 이 시간이 너무 짧아서 아쉽다는 뜻을 담아 말했다. 준혁은 눈을 감고 봄 향기를 흠씬 머금은 지우의 옆얼굴을 멍하니 바라봤다. 이런 날은 아무 말도 하지 않고 앉아만 있어도 좋았다. 우리가 함께 있다는 사실만으로도 충분히 행복했기 때문이다.

그때처럼 벚꽃이 흐드러지게 피어 있었다. 간간이 부는 바람에 벚꽃이 사뿐사뿐 지상으로 내려앉았다. 다시 한 번 단축 번호 1번을 눌렀다.

'내꺼'가 액정에 떴다.

"전원이 꺼져 있어⋯⋯."

준혁은 통화 종료 버튼을 신경질적으로 눌렀다. 화가 나서 일어나 나무를 발로 찼다. 그러자 벚꽃이 머리 위로 휘날렸다. 준혁은 머리를 들어 휘날리는 꽃잎들을 눈처럼 맞았다. 어디선가 지우의 목소리가 들리는 것 같았다.

'준혁아, 잡아! 벚꽃을 받으면 첫사랑이 이뤄진대!'

그 말을 듣자마자 준혁은 벚꽃을 잡느라 부산을 떨었었다. 하지만 꽃잎들은 잡을 만하면 준혁의 손을 빗겨 나갔다. 준혁의 허둥거리는 모습에 지우는 옆에서 배를 잡고 웃음을 터뜨렸다.

'잡았어! 지우야, 나 왕창 잡았어!'

준혁이 지우의 눈앞에 커다란 손에 짓눌러진 꽃잎들을 보이며 소리쳤다.

그날이 눈앞에 펼쳐 보이는 듯하다. 지금도 생생한데 벌써 일 년 전 일이다. 준혁은 저도 모르게 떨어지는 꽃들을 바라보며 손을 내밀었다. 벚꽃이 살포시 손바닥 위에 내려앉았다. 준혁은 멍하니 손바닥 위에 놓인 꽃을 바라봤다. 작은 꽃송이들이 얌전히 앉아 있는 듯하더니 봄바람에 살랑거리다 곧 사라졌다. 준혁은 허전한 손바닥을 내리며 중얼거렸다.

"잡을걸. 주먹으로 꼭 잡아서 놓치지 말걸."

준혁은 한참 벚나무를 바라보다 뒤돌아 본관에 있는 교실로 향했다. 본관 건물로 가기 위해 화단 옆 돌계단으로 오르다 또다시 주춤거렸다. 지우와 처음 마주쳤던 계단이었다. 준혁은 지우의 얼굴보다 발목을 먼저 봤었다. 지우가 올라갈 때 준혁이 아래 있었는데 지우의 가늘고 하얀 발목이 한눈에 들어왔다. 그때 지우의 발목을 유심히 바라보곤 '저렇게 손목처럼 가는 발목으로도 사람이 걸어 다닐 수 있구나.'라고 중얼거렸었다. 그러다 뒤돌아선 지우를 보고 한눈에 반해 버렸다. 유난히 까만 머리카락이 지우 어깨 위에 출렁거리고 있었다. 얼굴선이 펜으로 그려진 듯 가늘고 여렸다. 하얗고 작은 얼굴에 커다랗고 까만 눈동자가 별처럼 박혀 있었다. 눈이 너무 선하고 예뻤다. 준혁은 지우의 아름다움에 잠시 넋을 잃고 가만히 바라보고만 있었다.

준혁은 이내 생각을 떨쳐 내려는 듯 머리를 흔들었다.

'미치겠다. 진짜, 돌아 버리겠다.'

교내 모든 곳에서 지우와의 추억이 컴퓨터 팝업창 열리듯 아무 때나 툭툭 튀어나왔다. 그때마다 또다시 준혁의 머리는 무슨 바이러스에라도 감염된 듯 온통 지우 생각으로 꽉 차게 된다. 기억을 털어 내려는 듯 준혁은 계단을 뛰어 올라갔다.

밤 10시, 수학 학원이 끝나고 집으로 돌아가는 발걸음이 무거웠다. 수학 학원에서는 2주에 한 번씩 시험을 치고 등수를 알려 주었다. 15등까지 심화반에서 공부를 할 수 있기 때문에 시험을 볼 때마다 긴장되었다. 그 등수 바깥으로 밀려나면 일반 학생들과 공부해야 했다. 늘 3등 안에는 들었는데 이번에 처음 8등으로 떨어졌다. 집에 가면 엄마에게 모진 소리를 들을 게 뻔했다. 준혁은 다음에 자신이 다 밟아 버리겠다고, 반드시 일등 자리를 탈환하겠다고 다짐했다. 요즘은 지우 때문에 되는 일이 하나도 없다.

준혁은 학원 버스에 타서 지우에게 다시 전화를 걸었다.

지우의 휴대폰은 여전히 불통이다. 준혁은 한쪽 다리를 달달 떨면서 입술을 깨물었다. 휴대폰을 들어 지우가 최근에 보낸 문자들을 훑어봤다.

'이제 전화하지 마!'

준혁이 인상을 찡그리며 문자들을 획획 넘겼다.

그러다 마지막 문자를 봤다.

'준혁아, 우리 이제 그만하자.'

몇 번을 봐도 감당하기 힘든 글이다.

'우리, 이제 그만하자.'

흔들리는 버스보다 준혁의 마음이 더 요동쳤다. 이 문자를 읽을 때마다 심장이 발아래로 툭 떨어지는 것 같다. 준혁은 왜 자신이 이런 고통을 당해야 하는지 알 수 없었다. 자신이 가장 잘한 일은 지우를 만난 거였는데 지우에겐 그게 가장 후회되는 일이었다니!

'어떻게 그럴 수 있을까, 이렇게 쉽게 변할 수가 있을까?'

준혁은 머리카락을 쥐어뜯으며 괴로워했다.

버스에서 내려 집으로 가는 골목길에 들어섰다.

준혁은 슈퍼마켓에서 츄파춥스 사탕 하나를 사 들고 나왔다. 슈퍼마켓 왼쪽으로 꺾으면 준혁의 집으로 가는 길이고 오른쪽으로 내려가면 지우의 집이 나온다. 준혁은 망설임도 없이 오른쪽으로 방향을 잡았다. 지우의 집은 정원이 잘 가꿔진 붉은 벽돌집이다. 2층 지우의 방 창문을 봤다. 지우가 생각났다. 아니 지우를 생각하기 위해 또다시 이 자리에 왔다.

지우는 '새벽'이라는 학교 문학동아리 선배였다. 준혁은 학년이 다른데도 집이 같은 방향이라는 이유로 늘 지우를 기다리다 함께 가곤 했다.

준혁은 지우 방 창문을 올려다봤다. 당연히 지우의 방은 불이 꺼져 있었다. 지우가 없다는 것을 알지만 그래도 이렇게 한 번 지우의 창을 바라보는 것만으로도 조금은 마음이 풀리곤 했다. 예전에는 보고 싶어 늦은 밤에 찾아 가면 지우의 방 창문 앞에서 몇 마디 말을 나누기도 했는데, 이젠 불가능한 일이 되었다.

준혁은 막대 사탕을 입에 넣어 빨았다. 막대 사탕을 지우 방 창문으로 던지면 지우가 "나이스!" 하며 받아먹었는데. 그러곤 서로 얼굴 보면서 막대 사탕이 다 녹을 때까지 얘기했었는데……

1년 전에는 지금과 같은 자리에서 같은 자세로 지우를 바라봤었다. 하지만 지금은 지우도 없고 지우의 마음을 가득 채웠던 준혁을 향한 사랑도 사라졌다. 그 마음은 어디로 새어 나갔을까. 준혁은 '후' 하며 한숨을 지었다. 하릴없이 발로 땅바닥을 툭툭 쳤다.

준혁은 들고 있던 막대 사탕을 마구 씹어 먹어 버렸다. 사탕은 하나도 달지 않았다. 사탕보다 더 큰 위로가 필요했다. 준혁은 휴대폰을 꺼내 지우가 사귄 지 얼마 안 되었을 때 보냈던 문자를 꺼내 읽었다.

'아까 봤는데, 진짜 헤어진 지 한 시간도 안 됐는데, 준혁아, 니가 너무 보고 싶어. 보고 싶어 죽겠다. 잉잉잉!^^'

'네가 날 보고 처음으로 선배가 아니라 '지우야!'라고 불러 줬을 때 가슴이 얼마나 콩콩 뛰었는지 넌 모를 거야.'

'사랑해, 준혁아, 잘 자!'

지우가 보낸 문자 때문에 가슴이 터질 것처럼 설레서 한숨도 못 잤던 날들이 있었는데……. 사탕보다 더 달콤하게 사랑한다고 말해 주던 그날의 지우는 어디로 간 것일까? 그런 날이 언제였는지 이젠 아득하기만 하다.

준혁은 불 꺼진 지우의 창문만 바라보다 쓸쓸히 발길을 돌려 집으로 향했다.

습관처럼 또다시 손가락은 휴대폰 단축 번호 1번을 눌렀다. 늘 같은 여자의 목소리가 새어 나온다.

'전원이 꺼져 있어…….'

준혁은 눈물이 날 것 같아 주먹을 꼭 쥐었다.

94

'내가 할 수 있는 일이라곤 이것밖에 없는데, 너랑 통화가 안 되면 난 미아가 된 것 같은데, 왜 넌 내 전화를 받지 않을까? 너를 내 마음속에 단 하루만이라도 들어올 수 있게 한다면 얼마나 좋을까? 그럼 넌 알 수 있을 텐데. 내가 얼마나 널 애타게 그리워하는지, 얼마나 사랑하는지.'

준혁은 다정했던 지우의 모습을 떠올렸다. 준혁이 두 팔 벌리면 쏙 안겼던 지우를. 준혁에게 수줍게 다가와 입맞춤했었던 지우를. 창문 앞에서 조심스럽게 이름 불러 주면 환한 얼굴 보여 줬던 지우를. 하지만 지금은 모래시계 속 모래처럼 하염없이 지우가 스르륵 사라지고 있는 것 같다.

'못됐다, 이지우. 내 마음도 몰라주고.'

준혁은 어두워진 골목길을 쓸쓸히 되돌아 나갔다.

'선배님, 잊지 않으셨죠? 오늘 신입생들 시 낭송 대회 있어요! 5시까지 와 주세요. 꼭이요!'

다음 날, 준혁은 동아리 후배 승희가 보낸 문자를 읽고 가방을 서둘러 쌌다. 준혁은 지우와 친해지기 위해 관심도 없는 60년 전통의 문예반, '새벽'에 들어갔다. 책도 잘 안 읽는데, 선배들이 꼬박꼬박 내 주는 과제물도 해야 했다. 과제는 주로 시 쓰기나 산문쓰기였다. 문예반 회원들은 주기적으로 공모전에 나가기도 했다.

입시를 위해 일부러 들어온 애들도 있어서 서울에서 열리는 공모전도 빠지지 않고 다니고 있었다. 준혁은 문학에 관심이 없는데도 지우가 참가하는 공모전에 늘 함께했다. 버스를 타고 다른 도시로 갈 때마다 지우와 여행을 하는 것 같아 하나도 지루하지 않았다.

준혁은 늘 시 부분에 응모를 했다. 이유는 간단했다. 짧게 써도 된다는 것 때문이었다.

동아리방은 어수선했다. 책상 위에 플래카드가 놓여 있었고, 후배들이 분주히 일하는 모습이 보였다. 오늘은 동아리 담당 선생님과 동아리 회원들이 신입생들을 대상으로 시 낭송 대회를 개최하는 날이기 때문이다. 고3은 입시에 집중하라고 특별한 역할을 주지 않았지만, 반드시 참석해야 하는 전통 있는 행사였다.

"선배님, 이것 좀 도와주실래요?"

자그마한 체구에 단발머리가 잘 어울리는 승희가 커다란 플래카드를 가리키며 부탁했다.

"오케이!"

준혁은 유쾌하게 답하며 책상 앞으로 갔다. 플래카드를 양쪽에서 잡고 돌돌 말아오다가 중간 지점에서 승희의 손끝이 준혁의 손에 닿았다. 승희가 멈칫거렸다.

"지우 언니, 잘 지내죠?"

승희가 다시 생글거리는 얼굴로 물었다.

준혁은 잠시 머뭇거리다 이내 표정을 고쳐 대답했다.

"어, 대학 생활이 어찌나 바쁜지 전화도 안 하네. 흥, 칫, 뿡이다!"

승희와 함께 옆에서 듣고 있던 후배들도 크게 웃었다.

"마음이 없어서 그런 게 아니라, 오래 사귀어서 그럴 거예요. 서로에게 너무 익숙해서요."

승희가 준혁을 보며 말했다.

준혁이 승희의 말에 고개를 끄덕였다. 준혁 역시도 지우의 냉랭한 태도가 권태기 때문이라고 생각했다.

바쁜 와중에 승희는 일하는 준혁 옆에서 음료수도 챙겨 주고 간식도 살뜰히 챙겨 주었다. 준혁은 후배 남자아이들과 함께 낭송 대회가 열리는 강당으로 자리를 옮겨 플래카드를 걸고, 신입생들을 챙겼다.

준혁은 신입생이었던 때를 떠올렸다.

신입생 시 낭송 대회에 신입 회원은 꼭 참석해야 했고, 사람들 앞에서 외워 온 시를 발표해야 했다. 뭘 외워야 할지 자신이 없었던 준혁은 지우에게 짧은 시를 추천해 달라고 했었다. 그때 지우가 추천해 준 시가 함민복 시인의 시, 〈가을〉이었다.

"당신 생각을 켜 놓은 채 잠이 들었습니다."

지우가 씩 웃으며 준혁 앞에서 시를 읊었다.

"그다음은요?"

준혁이 의아한 눈빛으로 되물었다.

"그게 다야."

"존나 짧네. 진짜 멋진 시인인데요. 완전 제 스타일입니다!"

준혁의 말에 지우도 손뼉을 치며 웃었다.

대회가 시작되었다.

긴장감 때문일까 목소리를 덜덜 떠는 첫 번째 참가자의 낭송이 작은 강당에 울렸다. 그 뒤로 여리게 생긴 고1 여자아이가 시를 외웠다. 지우랑 닮았다. 싹 말려 올라간 속눈썹이며 까만 눈동자, 맑고 낭랑한 목소리까지.

후배의 목소리 위에 지우가 준혁 앞에서 시를 읊어 주던 장면이 겹쳐졌다. 지우가 준혁만을 위한 시 낭송을 해 주던 때가. 준혁의 생일날 지우가 카드에 적어 보낸 시는 '생일'이란 시였고, 지우는 그 시를 생일 케이크 앞에서 낭송해 주었다. 부끄러움에 얼굴과 귀가 빨갛게 되면서도 지우는 마지막까지 예쁜 목소리로 노래하듯 읊어 주었다.

오로지 준혁만을 위해서.

생일

크리스티나 로제티

내 마음은 물가의 가지에 둥지를 튼

한 마리 노래하는 새입니다.

내 마음은 탐스런 열매로 가지가 휘어진

한 그루 사과나무입니다.

내 마음은 무지갯빛 조가비,

고요한 바다에서 춤추는 조가비입니다.

내 마음은 이 모든 것들보다 행복합니다.

이제야 내 삶이 시작되었으니까요.

내게 사랑이 찾아왔으니까요.

시를 다 낭송한 후에 지우는 준혁에게 말했었다.

부모님이 우리를 낳아 주신 날도 생일이지만 처음으로 누군가를 사랑하게 된 날이야 말로 진정한 생일이라고.

"이지우, 날 다시 태어나게 해 줘서 고마워!"

그날 감동한 준혁은 줄곧 초딩처럼 뽀뽀만 해대는 지우에게 처음으로 키스를 선물했다. 이날 준혁은 지우의 진정한 남자 친구로 새롭게 태어난 것 같다는 생각을 했다.

낭송은 계속되었고 준혁은 지우 생각에 빠져 아무 소리도 들을 수 없었다.

'지우야, 너 생각을 켜 놓은 채 잠도 못 드는 나날이 계속되고 있다. 이러다 진짜 죽겠다. 씨바!'

준혁은 두 손으로 마른세수를 하며 고개를 숙였다.

"선배, 지우 선배가 윤호 선배랑 친했나요?"

토요일 점심시간, 수학 학원에서 승희가 휴대폰을 만지작거리며 조심스럽게 물었다.

"왜?"

준혁이 책상에 엎드려 있다가 벌떡 일어났다.

"이거 보여 드려야 하나 말아야 하나 고민이 많았는데, 그래도 선배가 보시는 게 좋을 것 같아서요."

승희가 굉장히 고민하는 표정으로 준혁에게 자신의 휴대폰을 내밀었다.

"윤호 선배 SNS에 지우 선배 사진이 올라와서요."

준혁은 승희가 내민 휴대폰을 봤다. 윤호가 지우의 어깨를 팔로 감싸고 찍은 사진이었다. #봄날_친구랑_함께 #중앙도서관에서 #열공중이라는 해시태그와 함께. 올린 시간은 30분 전이다.

준혁은 사진을 보자마자 몸이 굳어 버리는 것만 같았다. 자신이 그토록 두려워했던 일이 현실로 일어나 버렸기 때문이다. 윤호는

지우와 같은 대학에 입학한 선배다. 준혁은 화가 나서 가만있을 수 없었다. 온몸에 불길이 치솟아 오르는 것 같았다.

'지금까지 지우가 날 밀어낸 것도 다 이 자식 때문일까? 그럼 지우가 여태 내게 말한 것은 날 밀어내기 위한 새빨간 거짓말이었나?'

준혁은 두 사람이 좋아 죽겠다는 표정으로 서로를 바라보는 상상을 했다. 둘이 포옹을 하고, 키스를 하고, 진한 스킨십을 하는 모습이 그려지는 듯했다. 순간 머릿속이 소용돌이쳐 눈앞에 아무것도 보이지 않았다.

준혁의 주먹이 부들부들 떨렸다. 두 눈은 윤호 선배에게 가닿았다. 저 새끼를 가만두고 싶지 않았다. 준혁은 학원 수업을 빼먹고 역으로 달렸다. 지금 중간고사가 문제가 아니었다. 당장 서울행 기차표를 끊는 것이 중요했다. 역으로 달려가 KTX를 끊었다. 가장 이른 시간대로 골라 예매했지만 그래도 30분이 남았다. 그 시간을 참을 수가 없었다. 지금 이렇게 한가하게 기다릴 시간이 없는데, 준혁은 발을 동동 굴렀다. 마음 같아서는 달리는 기차에서도 뛰고 싶은 심정이었다.

머릿속은 더러운 망상들로 가득해서 준혁의 얼굴은 시시각각 변했다. 윤호 선배의 손이 지우의 어깨에 닿은 것만으로 흥분해서 폭발할 것 같았는데, 더한 모습을 본다면 자신을 어떻게 제어

할 수도 없을 것 같았다. 감정이 널을 뛰었다. 손에 잡히고 발에 걸리는 대로 무엇이든 던지고, 차 버리고 싶은 충동에 휩싸였다가 어느 순간 반대로 한없이 바닥으로 가라앉는 것 같기도 했다.

기차가 플랫폼으로 들어오자마자 제일 먼저 뛰듯이 기차에 올랐다. 빨리 탄다고 일찍 도착하는 것도 아닌데 그만큼 준혁의 마음이 급했다. 준혁은 지우를 잡아야 했다. 지우는 절대 뺏길 수 없는 존재였다. 지우는 온전히 자기 것이라고 생각했기 때문이다. 지우가 머릿속으로 준혁이 아닌 다른 남자를 상상하는 것조차도 용납할 수 없었다.

준혁은 단 한 번도 자신의 것을 뺏긴 적이 없었다. 동생도 없었지만 어려서부터 부모님은 준혁의 물질적 욕구를 채워 주지 못한 적이 한 번도 없었다. 게다가 준혁은 뭐 하나에 꽂히면 죽자고 덤벼드는 성격이었다. 마음먹은 것을 이루지 못한 적도 없었다. 그것이 장난감이었든 성적이었든 포기가 안 되었다. 하지만 준혁은 지우를 만난 후 사랑만큼은 목표를 세울 수도 없고, 계획한다고 되는 것도 아니란 걸 깨닫게 되었다. 그것이 준혁을 미치게 했다.

기차가 드디어 움직였다.

준혁은 손톱을 잘근잘근 씹기 시작했다. 기시감이 드는 불안이었다. 준혁은 지우와 사귀기 시작하면서 지우가 자신보다 한 살

많은 것이 늘 근심거리였다. 지우가 고3이 되고 나서 준혁의 불안감은 더욱더 깊어졌다.

"이지우, 너 일 년 꿇어라. 그리고 나랑 같이 대학 가자."

준혁은 지우를 바래다줄 때마다 농담처럼 말했다.

지우는 분명 놀란 얼굴이었지만 화를 내거나 짜증을 내지도 않고 찬찬히 준혁의 얼굴을 살폈다.

"왜 그런 말을 해?"

"그냥, 대학 생활도 나랑 같이 하면 좋을 것 같아서 그렇지."

준혁은 마지막까지 지우가 자신을 떠날까 봐 불안하다는 말은 하지 않았다.

"단지 그 이유야?"

준혁이 고개를 끄덕였다.

준혁의 반응에 지우가 머리를 절레절레 흔들었다.

"너도 금방 고3 될 건데 뭐. 내가 가서 꽃길로 대학 길 잘 닦아 놓을게."

준혁은 지우의 말에도 위로가 되지 않았다. 지우가 고3이 되고 수능 시험이 점점 다가오자 준혁의 마음은 더 무거워졌다. 숨어 있던 불안감이 슬금슬금 나오기 시작했다. 강제로 이별해야 할 시간이 다가오고 있었기 때문이다. 지우와 떨어져 있을 자신이 없는데 시간은 너무 빨리 갔다. 대학을 가면 지우가 고딩을 사람

취급이나 할까 하는 걱정도 들었다. 그리고 자신이 완전히 잊힐까 두려웠다. 새로운 남자들이 지우의 마음을 사로잡을까 봐 걱정되었다.

그래서 지우의 수능 하루 전 준혁은 간절히 기도했다.

'부탁입니다. 제발 지우가 마킹 실수를 해서 시험을 망치게 해 주세요. 지우가 재수할 수 있게 도와주세요. 재수해서 저랑 같이 대학에 다니게 해 주세요.'

하지만 헛된 희망이었다. 지우는 시험을 너무 잘 봤고 서울 내로라하는 대학에 떡하니 합격을 했다. 입으로는 축하한다고 말했지만 쓸쓸한 기색을 감추기가 힘들었다.

'이거 뭐냐, 명문대 남자애들이랑 고딩인 내가 경쟁을 해야 하다니!'

하지만 준혁은 내색도 못 했다. 지우에게 든든한 남자 친구가 되고 싶었으니까. 옹졸한 마음을 가리고자 쿨한 척 아무렇지 않은 듯 허세를 부렸다. 봄이 되자 지우는 대학이 있는 서울로 떠나 버렸다.

준혁은 기차역에서 지우를 배웅했다. 지우가 환한 웃음을 남기고 떠난 자리에 준혁은 계속 서 있었다. 이상하게도 점점 괴물처럼 다가오는 불안감으로 발걸음이 떨어지지 않았다. 학교 선배란 놈들이 예쁜 지우를 낚아채 버리면 어쩌나? 지우가 자신을 잊으면 어쩌나!

　준혁은 마치 지우가 손이 닿지 않는 우주 공간으로 간 것 같았고, 그날 이후 잠들기 힘든 나날들이 이어졌다. 말로 형언할 수 없는 불안이 악몽으로 나타나기도 했다.

　기차가 멈췄다.

　준혁은 지우의 학교에 도착해 기다란 다리로 두 계단씩 밟으며 경중경중 중앙 도서관으로 올라갔다. 그리고 입구 쪽에 앉아 지우를 기다렸다. 너무 급히 와 목이 탔다. 도서관 옆 카페에 들어갔다. 주문한 아이스아메리카노를 기다리며 준혁은 주변 테이블에 앉은 사람들을 살폈다. 어떤 학생은 노트북을 하고 있었고, 또 다른 테이블에 앉은 학생들은 서로 대화를 하며 이따금 호탕한 웃음소리를 냈다. 준혁은 사촌 형이 생각났다. 굵은 뿔테 안경에 책만 보느라 꾸부정하게 다니던 형이 대학에 들어가고 나서는 안경 대신 렌즈를 끼고, 교복 대신 영국 대학생 같은 프레피룩의 패션 스타일로 다녔다. 형은 과거의 꼬질꼬질한 수험생에서 멋쟁이가 되어 있었다. 단 몇 개월 만에 말이다. 신분이 그렇게 사람을 바꾸는 것이다.

　사촌 형처럼 대학생인 그들은 겉모습뿐 아니라 심리적으로도 편해 보였다. 여유도 있어 보였다. 그들이 부러웠다. 그들은 준혁이 갖지 못한 승리의 트로피를 들고 있는 것만 같았다. 자신이 자꾸만 초라해 보였다. 고작 한두 살 차이일 텐데 그들이 누리는 여유와 신분이 부러웠다. 준혁은 잠시 그들을 부러운 시선으로 바라보다 커피를 들고 도서관 입구를 서성거렸다. 한 시간쯤 기다렸을까, 인내심에 한계가 왔을 때 지우가 어떤 남학생과 얘기를 하며 나오고 있었다.

냅다 소리를 지르며 남자 놈의 뒤통수를 갈겨 주고 싶었지만 어째 뒷모습이 윤호 선배가 아닌 것 같다.

'어라, 윤호 선배가 아니잖아. 쟤는 또 누구야?'

지우는 캔 커피를 들고 남학생과 두런두런 얘기했다. 그러다 남학생의 어떤 말에 지우가 크게 웃었다. 웃음소리가 경쾌했다. 최근에 지우가 자기에게 웃어 주던 때가 언제였는지. 서울로 올라가고 나서 가끔 집에 내려와서도 싸우기만 해 저런 웃음을 언제 봤는지 아득하기만 했다. 처음 만났을 때의 지우는 저렇게 예쁜 웃음을 지어 주었었는데, 저 예쁜 지우의 웃음은 자신의 것이었는데……. 준혁은 씁쓸한 표정을 감추지 못했다.

잠시 후, 남학생이 가방에서 뭔가를 꺼내 지우에게 건넸다. 지우가 눈을 동그랗게 뜨며 큰 소리로 말했다.

"우와! 선배님, 족보도 주시고. 진짜 감사합니다. 덕분에 시험 잘 볼 것 같아요. 김 교수님 시험 어렵기로 소문났다고 해서 떨고 있었거든요. 특히 문학 이론 부분이 어려워서 감도 못 잡고 있었는데 이제 제대로 공부할 수 있을 것 같아요. 진짜 감사합니다!"

지우가 연신 고개를 숙이며 고마워했다.

순간 준혁의 귀에 지우의 말이 낯설게 들렸다. 대학 캠퍼스에서 만난 지우는 자신과는 다른 세계에 있는 사람 같았다. 어느새 자그마한 지우가 자신보다 더 큰 것 같은 느낌이 들었다. 그와 동시에 가슴에 저릿한 통증이 느껴졌다.

게다가 지우의 진해진 화장도, 짧아진 스커트도 몹시 신경 쓰였다. 스커트 아래로 보이는 지우의 뽀얀 종아리를 가려 주고 싶었다. 또다시 지우가 남자를 향해 웃었다. 준혁은 고개를 저었다. 도무지 맘에 들지 않는다. 갑자기 이 모든 것에 화가 나기 시작했다.

준혁은 허둥거리며 휴대폰을 찾아 단축 번호 1번을 눌렀다.

'내꺼'가 뜨고 휴대폰이 여러 번 신호음을 울렸지만 지우는 전화를 받지 않았다.

"지우야, 전화 온 것 같다. 화면 봐 봐. 무음으로 해서 안 들렸나 보다."

지우가 휴대폰을 확인하고도 받지 않았다. 지우가 한숨을 쉬었다.

"받아 봐, 계속 오잖아."

지우는 징징거리는 휴대폰을 바라만 봤다.

"꺼 놓는다는 게 깜빡했네요. 선배, 잠깐만."

지우가 휴대폰 전원을 끄려고 하자 남자가 흘깃 휴대폰 액정을 봤다.

"어 뭐야, 남친? 하트가 무한대로 길다."

"아니에요!"

"왜 내 앞에서 쑥스러워서 그러는 거야, 내가 자리 피해 줄까?"

남학생은 싱긋거리며 지우에게 말했다.

"아, 아뇨, 괜찮아요. 제가 저기서 받을게요."

지우가 종종거리며 도서관 건물 뒤쪽으로 향했다.

그제야 준혁이 지우를 쫓아 천천히 걸음을 옮겼다.

"왜?"

지우가 마침내 전화를 받았다. 화난 목소리로.

"왜라니? 전화를 왜 그렇게 받아? 너 어디야? 누구랑 있는데?"

준혁이 분노를 억누르며 모르는 척 간신히 물었다.

"학교야, 도서관에서 공부해. 시험 기간이야."

"왜 전화 안 받았어?"

"준혁아……."

지우가 한참 동안 말이 없다.

"준혁아, 우린 이미 헤어진 사이야. 내가 왜 네 전화를 받아야 해?"

지우가 차분한 음성으로 말했다.

"누구 맘대로 헤어졌다는 거야. 난 동의한 적 없어!"

준혁은 지우의 말투에 화가 났다. 지우는 이미 자신을 과거로 보내 버린 것만 같았다.

"준혁아, 제발 떼 좀 쓰지 마. 연애는 누구 하나가 손을 놓으면 그게 바로 끝나는 시점인 거야."

지우는 선생님이 아이를 가르치듯이 말했다. 준혁은 열이 확 올랐다.

"끝내도 내가 끝내. 그때까지 내 전화 받아!"

준혁은 자신도 모르게 소리를 질렀다.

"준혁아, 이건 억지라고. 난 더는 너랑 말하고 싶지 않아."

지우가 단호하게 소리쳤다.

준혁은 머리가 아파 오기 시작했다. 이런 대화를 원한 건 아니었다.

"도대체 왜 그러는 거야? 나 안 보고 싶었어?"

준혁이 한풀 꺾인 목소리로 물었다.

"아니, 전혀! 앞으로도 너 볼일 없어."

지우의 목소리가 얼음장처럼 차갑다.

"지우야, 뒤돌아봐!"

준혁이 낮은 음성으로 말했다.

지우가 당황한 눈빛으로 머리를 두리번거리다 몸을 돌렸다.

준혁이 천천히 걸어 나와 지우 앞에 섰다. 준혁의 눈이 지우를 노려봤다. 단단히 화가 난 모습으로.

지우가 천천히 휴대폰 든 손을 내렸다.

"여긴 어떻게……."

지우가 놀란 눈으로 준혁을 봤다.

지우가 방긋거리며 웃어 줄 것은 기대도 하지 않았지만 최소한 저 눈빛은 아니었다. 지우에게서 한 번도 본 적 없는 눈빛이다. 자신을 두려워하는 눈빛, 단단히 겁먹은 눈빛이다. 준혁의 눈동자가 흔들렸다.

"씨발, 왜 그런 눈으로 날 보는 건데?"

준혁이 화가 나서 소리쳤다.

그러자 지우가 방향을 바꿔 빠른 걸음으로 자리를 떴다.

준혁이 긴 다리로 성큼 다가가자 둘 사이가 좁혀졌다. 그러자 지우가 종종거리며 빨리 걸었다. 준혁이 더 빠른 속도로 지우를 따라잡아 지우의 손목을 낚아챘다.

"아파, 아프다고!"

지우가 준혁의 손을 내치며 소리쳤다.

준혁은 도서관 뒷길 작은 숲이 있는 곳으로 지우를 이끌었다. 오솔길 옆으로 가로등이 하나둘 켜졌다. 가로등 불빛 아래서 둘은 함께 마주 보고 섰다. 둘 사이에 팽팽한 긴장감이 돌았다.

"말해, 윤호 선배랑 무슨 사이야? 아까 도서관 그 새끼는 또 뭐고?"

준혁이 노려보며 묻자 지우가 한심해 하는 눈빛으로 준혁을 쳐다봤다.

"겨우 그런 일 때문에 여기까지 온 거야?"

"겨우, 그런 일? 네겐 그게 그렇게 사소한 일이니? 남친 배신 때리는 일이? 솔직히 말해 봐. 이지우! 나랑 헤어지자니, 날 만난 걸 후회한다니 하는 그런 헛소리들은 다 핑계지? 새 남친 생긴 거 때문이면서 다 내 잘못으로 몰고 간 거지?"

지우가 놀라 눈을 동그랗게 떴다.

준혁은 지우의 표정을 보며 확신을 했다. 자신이 다 알고 왔다는 걸 지우는 모를 테니까.

"윤호 선배야, 아님 도서관 그놈이야?"

준혁이 지우를 다시 몰아붙였다.

"둘 다 남친이면 어쩔 건데?"

지우가 비웃으며 대꾸했다.

준혁이 고개를 절레절레 저었다.

"너 왜 그러는데? 도대체 왜 이렇게 변한 건데?"

"그런 넌 왜 그러는데? 왜 이렇게 변한 건데?"

지우가 악을 쓰며 바락바락 덤벼들었다.

"내 말 따라 하지 마! 질문을 질문으로 받지 말라고. 대답해! 누구랑 사귀냐고?"

준혁도 이성이 나간 듯 큰 소리로 지우를 압박했다.

"그래 윤호 선배랑 사귄다, 됐냐?"

지우가 모든 걸 체념한 듯 준혁에게 답하자 준혁의 눈이 팽 돌았다.

"너 어디까지 갔어? 설마……, 키스도 했어? 아니면, 벌써 잤……."

지우가 준혁의 말이 채 끝나기도 전에 뺨을 때렸다.

"그거 물어보려고 여기까지 온 거야? 하, 정말 못났다."

지우가 눈물을 글썽이며 소리쳤다.

"대답이나 하라고!"

준혁도 화가 나서 지우를 사납게 밀어붙였다. 지우는 버티지 못하고 힘없이 뒤로 밀렸다. 지우의 등이 나무에 부딪혔다.

"넌 이미 알고 있잖아. 이미 답은 네가 정하고 온 것 아니니?"

"그게 무슨 개소리냐고?"

"아니라면? 내가 아니라면 네가 믿어 주긴 할 거니? 믿어 줄 수는 있는 거냐고? 넌 미쳤어, 완전히 미쳤다고. 내가 서울에 올라올 때부터 넌 날 믿어 준 적이 없어. 한순간도! 나한테 하루에 몇 번을 전화한 줄 알아? 스무 번도 더 했잖아. 문자는 어떻고? 지금 어디냐고, 누구 만나냐고, 남자냐고 의처증 걸린 남편처럼 날 괴롭혔잖아. 넌 완전 스토커야, 스토커!"

지우의 입에서 스토커라는 말이 나오자 준혁의 튼튼한 두 다리가 무너질 것 같았다. 준혁은 한 손으로 머리를 짚었다. 말문이 막혔다. 자신의 애달픈 마음의 표현이 지우에겐 단지 스토커로만 보였다니! 자신의 사랑이 부정당한 것만 같아 서러웠다.

준혁은 눈을 잠시 감았다 뜨며 치솟아 오르는 분노를 억지로 내려앉혔다.

"내가 할 수 있는 거라곤 그것밖에 없었으니까! 내가 전화했을 때 열 번 중 한 번이라도 받아 줬다면 그렇게 하지 않았을 거야. 근데 넌 내게 그런 배려도 해 주지 않았잖아. 거지처럼 네 전화 구걸하는 난 어땠을 것 같아? 생명줄인 양 한시도 휴대폰을 놓고 있을 수 없었던 날, 넌 이해해 주긴 했니? 이해는커녕 넌 날 무시했잖아!"

"모든 걸 내 탓으로 넘기지 마! 그런다고 네가 한 행동들이 이해될 것 같아?"

지우가 한숨을 폭 내쉬며 주저앉았다.

"학교 다닐 땐 안 그랬잖아. 그런데 왜 이러는 건데? 왜?"

지우가 두 손으로 얼굴을 감싼 채 울먹이며 말했다.

"그땐 내 옆에, 내 눈앞에 있었으니까. 지금은 상황이 바뀐 거잖아. 네가 한 번이라도 내 입장을 생각했더라면 이렇게까지 하지 못했을 거야."

"아니, 난 안 그랬을 거야. 난 널 믿었을 거야. 이렇게 미친놈처럼 행동하진 않았을 거라고. 이게 무슨 사랑이야? 이런 게 사랑이라면 난 싫어."

지우가 벌떡 일어나 바락바락 악쓰며 소리 질렀다.

낯설다.

느닷없다.

'지우는 왜 변했을까? 예상한 바가 아니다. 왜 지우는 독을 품은 것처럼 소리를 지를까, 바람피운 건 지우인데 그래서 화를 내야 하는 건 자신인데, 그게 오늘 자신의 역할인데, 왜 지우가 저러는 걸까?'

준혁은 머리가 어지러웠다.

'어디서 어떻게 잘못되기 시작한 것일까?'

준혁은 멍하니 지우를 바라봤다.

"제발……. 준혁아, 우리 이제 그만하자. 나 너무 힘들어."

지우가 울면서 이별을 부탁한다. 벚꽃이 져 푸른 잎이 삐쭉삐쭉 솟아난 벚나무 아래서 어깨를 들썩이며 서럽게 울면서 간절히 부탁한다. 울어도 예쁜 얼굴로 저렇게 못된 말을 한다. 한때 '좋아

114

해', '사랑해'라는 달콤한 말을 해 줬던 저 작은 입술로 이제는 헤어져 달라고 말한다.

준혁은 막막해졌다. 정신이 멍하다가 심장이 점점 조여 오는 것처럼 아파졌다. 인정하고 싶지 않은 순간이 다가왔다는 것을 깨닫게 되었다. 자신도 모르게 몸이 먼저 다가갔다. 잡고 싶다. 지우가 떠나지 않게. 다가가 안아 주려고 해도 지우가 뿌리친다. 손을 잡으려 해도 차갑게 내친다. 준혁은 미칠 것 같았다.

'지우야, 제발, 이러지 마. 나한테 이러지 마! 나는 네가 그리워 죽을 것 같았는데, 가까이서 네 얼굴 쳐다보고 싶은데, 너는, 너는 나를 자꾸 밀어 버리기만 하면 나는 어쩌란 거니?'

준혁이 화가 나서 나무를 치려 손을 높이 들었다. 동시에 지우가 몸을 움츠렸다. 눈을 꼭 감은 채. 맞기 직전의 아이처럼. 순간 준혁은 아무것도 할 수 없었다. 지우는 준혁이 자신을 때릴 거라고 생각한 거다.

준혁이 지우의 손을 잡았다.

지우가 손을 덜덜 떨었다.

준혁은 힘없이 손을 놓았다. 너무나 비참했다.

준혁은 '하' 하고 한숨 쉬었다.

바닥엔 떨어진 꽃잎들이 소복이 쌓여 있었다. 준혁의 운동화 위에도 몇 개 내려앉았다. 준혁은 뭔가 깨달은 듯 중얼거렸다. "벚꽃이 다 졌네."라고. 준혁은 봄이 이제 끝난 것 같다고 생각했다. 아니 어쩌면 진작 봄은 지나간 것인 줄도 모른다. 준혁이 인식하기도 전에.

지우가 준혁에게 몸을 돌리고 비척이며 숲길을 내려갔다. 지우의 뒤에 대고 가지 말라고 소리치고 싶었지만, 지우가 더 빨리 달아날 것 같아 아무 말도 못하고 내려가는 모습을 멍하니 바라만봤다. 지우의 모습이 곧 준혁의 시야에서 사라졌다. 지우에게 전할 말이 산더미처럼 쌓였는데 정작 하고 싶은 말은 한마디도 못하고 헤어지게 되었다.

'지우야, 보고 싶은데 못 보고 참는 게 얼마나 힘든 줄 아니? 가고 싶은데 갈 수 없다는 게 얼마나 힘든 줄 넌 아냐고? 씨바, 고3이라 야자 때문에 꼼짝도 못하고 시간이 나도 KTX 존나 비싸가지고 타지도 못하고. 아이씨, 존나 구질구질하다. 진짜 구질구질하다.'

준혁도 뒤돌아섰다. 운동화 발바닥엔 꽃잎이 잔뜩 붙어 있었다. 준혁은 신경질적으로 발을 쾅쾅 구르고 나무둥치에 발을 문질렀다. 꽃잎들은 이지러져서 잘 떨어지지 않았다.

아무래도 이 넓고 낯선 캠퍼스는 자신의 자리가 아닌 것 같다.

어디로든 이곳이 아닌 곳으로 벗어나야 할 것 같다.

'어디로 갈까?'

준혁은 한강을 떠올렸다. 문득 이런 날은 한강에 가면 좋을 것 같다는 생각이 들었기 때문이다. 한강은 엄청 크다는데, 한강변을 걷다 보면 기분이 좀 풀릴까? 하지만 그 큰 한강이 눈을 돌아봐도 뵈지 않는다. 몇 번 큰아버지 집에 와서는 롯데월드 가 본 것이 고작이라 어디서 어떻게 가야 할지 난감했다. 혼자 지하철을 타 본 것도 처음이었다. 이렇게 기분이 꿀꿀할 땐 처량하게 양화대교인지 뭔지에서 힘없는 걸음걸이로 걸어 보고 싶은데.

'오늘 한강 물 온도가 좀 적당하면 미친 척 수영이나 해 볼까? 그럼 엉망진창인 이 기분이 풀리려나?'

준혁은 두 손으로 자신의 머리를 헝클어트리며 고개를 내저었다. 정문으로 나와 대로에 섰다. 어느 방향으로 가야 한강이 나올까? 한강으로 가려면 몇 번 버스를 타야 하는지도 모르겠다. 그렇다고 지나가는 사람한테 한강에 가려면 몇 번 타야 하나요? 라고 묻기도 병신 같다. 지하철을 타면 어느 역에서 내려 어디로 가야 한강으로 갈 수 있을까? 인터넷 검색도 짜증스러워 휴대폰을 주머니에 집어넣었다.

'씨바, 되는 게 하나도 없어.'

지갑을 꺼냈는데 KTX를 타기엔 돈이 부족했다. 돈이 없어 술도 못 마시겠다. 하는 수 없이 그저 걸었다. 준혁은 숨이 막혔다. 가슴이 답답해 숨쉬기 힘들었다. 급소를 공격당한 것 같다. 그런데도 여전히 머릿속은 온통 지우 생각뿐이었다.

잘못 탄 지하철 덕분에 수많은 인파에 떠밀려 이리저리 헤매다가 갈 곳을 잠시 잃었다. 돌고 돌아 많은 시간을 잡아먹은 후에야 고속버스 터미널에 도착했다. 주말이라 차가 매진되어 늦은 밤 시간대밖에 차가 없었다. 준혁은 터미널에서 두 시간을 보냈다. 아무 생각도 나지 않았다. 그냥 의미 없이 터미널 시계를 보고 남들 보는 대형 TV에 눈을 돌렸다가 다시 오가는 사람들의 얼굴을 봤다.

드디어 차가 도착했다. 준혁은 버스에 올랐다. 차라리 버스라서 잘 된 건 줄도 모른다. KTX는 너무 빠르다. 지우에게서 너무 빨리 멀어질 것 같다. 곧 버스가 달리기 시작했다. 화려한 강남 거리가 금방 사라지고 얼마 후 사방이 어둠인 곳으로 차는 달렸다. 준혁은 버스 창에 비친 자신의 얼굴을 텅 빈 눈으로 바라봤다. 지우의 우는 모습이 떠올랐다. 기분이 언짢다. 팔짱을 끼고 눈을 감았다. 또 지우 생각이다. 지우가 자신을 만났을 때 공포에 질린 듯한 얼굴 표정하며 어떻게든 벗어나려고 발버둥 쳤던 모습이 자꾸만 신경 쓰였다. 불쾌하면서 한편으론 찜찜했다. 그 찜찜한 감정이 집요하게 준혁을 괴롭혔다.

지우와의 마지막 통화가 떠올랐다.

"왜 이렇게 시끄러워? 밖이야? 누구랑 있어?"

학원에서 돌아온 준혁은 밤 10시에 지우에게 늘 귀가 확인 전화를 했다.

"친구들이랑 과제 하고 있어."

지우가 작은 목소리로 말했다.

"이 시간에?"

"여기 24시 카페야. 새벽까지 공부할 수 있어. 그리고 준혁아, 나 대학생이야."

준혁은 지우의 대학생이라는 말 한마디에 숨이 막혔다.

"그래서? 나보고 상관 말라는 거야!"

"그게 아니잖아, 준혁아. 내 말은……."

"남자랑 있어?"

준혁은 지우의 말을 끊고 말했다.

"아니야, 여자 친구들이랑 있어."

"이지우, 일찍 들어가라. 들어가면 영상 통화로 전화하고."

"너 정말! 꼭 이렇게까지 해야겠니? 이제 전화하지 마."

지우는 화가 나서 전화를 끊었다.

준혁은 제 맘대로 되지 않는 상황에 화가 났다. 지우와의 통화는 갈수록 짜증스러웠다. 이게 모두 지우가 원인이라고 생각했다. 생각하지 않으려고 눈을 감았다. 하지만 뇌는 쉬지 않고 지우와 만난 순간부터 헤어진 순간까지 머릿속에서 동영상을 끊임없이 재생시켰다.

　준혁은 눈을 떠 자신이 지우에게 보낸 메시지들을 읽기 시작했다. 너무 많다. 어디서부터 읽어야 할지 모르겠다. 카톡창이 지우의 글이 아닌 자신의 글로 꽉 찼다.
　'누구랑 있어?'
　'어디냐고! 연락 안 하면 죽는다!'
　'씨바, 지금 도대체 뭐 하냐고?'
　반복적인 문자들을 읽다가 그냥 던지듯 내려놓는다. 혼자 의심하고 혼자 추측하고 혼자 화가 나서 미친놈처럼 몰아붙이고 욕을 했다. 의심, 비난, 욕설의 무한 반복!
　'씨바, 해도 너무 했네.'
　준혁은 뒷머리를 의자 헤드 부분에 퉁퉁 박았다. 못난 자신이 속상해서 죽을 것 같다. 오늘 지우에게 몰아붙인 말도 자꾸 떠올라 낯이 뜨거워졌다. 그깟 사진 한 장에 온몸이 화르르 불이 솟아 미친놈처럼 달려왔으니. 불안과 질투가 모든 것을 갉아먹어 아무것도 볼 수 없었던 자신이 후회스러웠다. 소중한 그 시간에 보고 싶었다고 말해 줄걸. 사랑하는 네가 떠날까 봐, 누군가에 뺏길까 봐 두려워서 그랬다고 솔직하게 말할걸. 미안하다고 해 줄걸.
　지우 앞에서는 흘리지 못한 눈물이 바보처럼 철철 흘러넘쳤다.

'너 때문에 다시 태어났는데 너 때문에 죽게 생겼다, 씨바. 네가 아니면 난 부활도 못하는데…….'

준혁은 울음소리가 밖으로 새지 못하게 속으로만 우느라 인상을 찡그리고 주먹으로 입을 막았다. 나의 봄을 가게 만든 건 다름 아닌 나였구나. 준혁은 가슴이 저려 왔다.

눈물방울이 후드득후드득 청바지로 떨어졌다.

밤이 깊어지고 있었다. 무한대로 길어질 것 같은 어둠이다. 버스는 깊고 깊은 어둠 속으로 더욱 속도를 내어 달리고 있었다.

네 번째 이야기 ——

늑대의
고백

늑대의 고백

경미가 교실 앞문을 열며 아이들에게 소리쳤다.

"소, 속, 속보! 4반에 저, 전학생 왔어! 남, 남자!"

경미의 등장에 아이들 모두가 주목했지만 전학생이 남자라는 말에 남자아이들은 "에이, 좋다 말았네."라며 관심을 거두었다. 여자아이들도 속보라기엔 너무 약하다는 듯 다들 시큰둥한 표정이었다.

"조, 존나 쩔어, 말도 못하게 괜찮다고! 내, 내가 언제 틀린 말한 적 있냐?"

경미는 평상시에는 말을 더듬지 않았지만 급한 일이 생겼을 땐 말을 자주 더듬었다. 게다가 그런 저 자신이 답답했는지 더듬을 땐 욕까지 더 했다.

"진짜 잘생겼냐? 연예인급이냐?"

앞자리에 앉은 서연이가 교복 치마 안에 추리닝 입은 한쪽 다리를 덜덜 떨며 물었다.

"그, 그걸 말이라고 하냐! 내가 한, 한 말 뭐, 뭐로 들은 거냐? 존나, 어이없어."

경미의 말이 다 끝나기도 전에 위아래 파란색 체육복을 입은 여자아이들이 후다닥 일어나 옆 반인 4반을 향해 달렸다. 마치 백 미터 달리기하는 것마냥 한 무리의 소녀들이 눈을 반짝이며 4반 교실로 내달렸다. 지축을 뒤흔드는 맹렬함이 느껴질 정도였다.

"티, 티 좀 내지 마, 촌, 촌티 나니까! 자, 자연스럽게!"

경미의 말에 함께 뛰어온 1반 여학생들은 4반 교실 앞에서 잠시 숨을 고르고 앞머리를 매만지고 체육복 밖으로 삐져나온 속옷을 정돈했다. 그러고는 문을 열고 4반에 아는 아이들을 향해 자연스럽게 걸어가는 척하면서 주변을 살폈다. 그 속에 경미의 베프인 지유도 포함됐다. 지유는 사물함 쪽을 살피는 척 서서 큰 키를 이용해 조감도를 보듯 날카롭게 교실을 훑었다. 곧 예리한 레이더망에 한 놈이 잡혔다.

지유의 턱짓에 몰려온 1반 여자아이들 모두가 일사불란하게 그쪽을 바라봤다. 그때 두 손을 교복 주머니에 넣은 채 해를 등지고 창가 쪽에 서 있던 한 남자아이가 몸을 틀어 얼굴을 살짝 옆으로 돌렸다. 찬란한 5월의 태양이 자체 조명이 되어 그 아이의 옆얼굴을 비추었다. 그 모습을 보자마자 달려온 파란색 체육복의 소녀들은 일제히 손으로 입을 막았다.

"미친, 미친! 얼굴이 미쳤어!"

"까악!"

"개존잘!"

염색해서인지 노랑머리가 금발처럼 아름답게 빛났고, 긴 속눈썹은 성냥개비 하나를 아니 둘도 너끈히 얹어 놓을 수 있을 정도로 숱이 많았다. 압권은 칼끝처럼 날카로운 콧등이었다. 여학생들은 넓은 어깨와 그 길이를 가늠할 수 없는 긴 다리에 압도당한 듯 냉동 인간들처럼 옴짝달싹하지 못했다.

수업 종이 울리고 나서야 1반 여학생들은 얼음땡 소리를 들은 듯 움직이기 시작했다. 1반 교실에 들어오자 아이들은 해동된 입을 열기 시작했다.

"걔 팔다리 봤냐? 진짜 존나 길어. 허벅지가 내 옆구리까지 올 것 같아."

"내 키에는 옆구리가 아니라 가슴이다, 가슴! 걔 옆에 가서 사진 찍었다간 단체로 닥스훈트 인증샷 될 듯. 와, 정말 이거 실화냐?"

"얼굴은? 얼굴은 뭐 현실감 있냐? 진짜 우리 학교 역대급 얼굴이다."

"아이씨, 내 얼굴 본 것 같아, 45도 각도로 내 눈이랑 마주친 것 같은데. 이럴 줄 알았으면 체육복 벗고 가는 건데. 망했다. 망했어. 첫인상이 생명인데."

"근데, 걔 이름 뭐냐?"

"몰라, 아직 그건 못 물어봤잖아. 다음 쉬는 시간에 가서 알아보자."

"혹시 뭐 에드워드 8세나 조지 3세 아니면 리처드쯤 되지 않을까? 그냥 왕족 같아."

"야, 한국인이 무슨 조지고 에드워드냐?"

"걔 영국에서 공부하고 왔다는데, 유학파래."

"아무리 그래도 얼굴이 한국 사람인데 진짜 왕족이라면 이 씨겠지. 조선시대 이 씨! 이순신!"

"미친! 이순신이 왕족이냐? 이 씨면 다 왕족인 줄 아냐?"

교실에 들어와서도 여자아이들은 그 남학생 얘기만 했다. 새로운 학교 아이돌의 탄생이었다.

"또 시작이야, 또!"

여자아이들의 반응에 남자아이들은 고개를 절레절레 흔들었다. 뉴페이스의 등장이 있을 때마다 이런 일들이 수시로 일어났기 때문이다. 학기 초, 새로운 총각 선생님이나 교생 선생님 혹은 전학생들이 그 대상이었다. 그들이 지나갈 때마다 여학생들의 환호

소리는 걸그룹에 열광하는 군인들 못지않았다. 하지만 이번엔 남학생들이 보기에도 유독 유별난 환대였다. 선생님이 교실로 들어오기 직전까지 여자아이들의 웅성거림은 끝나지 않았다.

그러나 여자아이들의 수다 속에서 지유의 목소리만 들리지 않았다. 지유의 생각은 이미 그 아이를 보는 순간 멈춰 버렸다. 조지인지 에드워드인지 아니 이름이 개똥이라고 해도 지유는 아무 상관 없었다. 그 남학생을 보자마자 넋이 나가 버렸기 때문이다. 심장은 이미 그때부터 멈춰 버린 듯했고, 엄청난 중력으로 그 아이가 지유를 끌어당겼다. 열여덟 인생에 단 한 번도 이런 일이 없었는데, 마법에 걸린 듯 영혼이 그 아이에게 붙들리고 말았다. 살짝 옆으로 고개를 돌리던 그 아이의 모습이 동영상 '짤'처럼 반복되었다. 그러고는 곧장 상상의 세계로 퐁당 들어가 버렸다.

'나 같은 몸매에 웨딩드레스는 어떤 게 더 잘 어울리려나? 머메이드 라인이 좋겠지. 청첩장은 무슨 색깔이 좋을까, 주례는 누구로 할까? 담임 샘이 좋겠다.'

뒤이어 전학생이 나비넥타이에 멋진 예복을 입고 자신과 결혼행진곡에 맞춰 행진하며 하객들에게 우아하게 인사하는 모습을 상상했다. 딸 하나 아들 하나를 둔 단란한 가정 모습도 보였다. 손자까지 생각할 즈음에 지유는 자신도 모르게 실실 웃음이 나왔다.

"너 그 표정 뭐냐? 왜 빙구처럼 웃냐?"

경미가 지유의 뺨을 톡 건드리며 물었다.

그제야 지유는 현실로 돌아왔고 자신의 우스꽝스러운 모습에
얼굴이 화끈거렸다.

"뭐가?"

다시 이성을 찾은 지유는 경미의 얼굴을 향해 무뚝뚝한 표정을
쏘아 주었다. 하지만 두근거리는 가슴은 진정시킬 수가 없었다.
정말 태어나서 이런 묘한 느낌은 처음이라 어떤 식으로 가라앉혀
야 할지 알 수 없었기 때문이다.

곧 체육 시간이 되었고 파란색 체육복의 학생들이 떼를 지어 운
동장으로 향했다. 오늘은 반 대항 여학생 축구 대회가 있는 날이
었다. 1반과 4반의 여학생 대표들이 나왔고 그 나머지 학생들은
스탠드에서 응원을 했다.

먼저 1반 대표들이 운동장 한가운데로 나왔다. 맨먼저 이지유
가 나오자 1반과 4반 여학생들이 모두 일어나 지유의 이름을 외
쳤다.

"이지유! 이지유! 이지유! 오빠! 꺄아악!"

지유는 학교 스피드 스케이팅 선수로 활약하고 있는 동시에 배
구와 농구도 잘하는 만능 스포츠 우먼, 아니 걸이었다. 게다가 지
유의 뒷모습은 누가 봐도 남자처럼 보였다. 검은색 캡모자를 쓰

고 선수용 백팩을 메고 가는 모습에선 매력적인 소년미가 느껴졌기 때문이다. 짧은 커트 머리에 여자치고는 제법 큰 키인 170센티미터의 신체 조건이 그런 소년미를 더욱 부각시켰다. 그래서 웬만한 남자아이들보다 더 인기가 있었다. 그건 남자아이들이 인정한 바이기도 했다.

남학생들은 지유 옆에 서 있는 걸 좋아하지 않았다. 남학생을 뛰어넘는 압도적인 피지컬 때문이었다. 특히 운동 좀 했다는 남학생들도 지유의 허벅지 앞에선 바로 고꾸라질 정도였다.

곧 축구 경기가 시작됐다.

호루라기 소리가 들리자마자 여학생들은 축구공을 향해 열심히 달리기 시작했다. 마치 물고기들이 먹이를 향해 모여들 듯 전략이나 작전도 없이 공 앞으로만 돌진했다. 어떤 아이는 공을 향해 손을 뻗기도 했다. 핸들링이고 뭐고 어떤 규칙도 통하지 않았다.

"이건 축구인가 럭비인가!"

"저것은 사람인가 물고기인가!"

남학생들이 어이없다는 식으로 축구를 지켜봤다. 어느 팀이 1반 선수인지 4반 선수인지 알아볼 수 없을 정도로 모두가 공에 뒤엉켜 있었다. 하지만 그런 혼돈 속에서 공을 건져 내 긴 다리로 드리블하는 여학생이 있었으니 그 아이가 바로 지유였다. 지유는 마치 공을 발에 붙인 듯이 자유자재로 공을 갖고 놀았다. 자신감에 찬 지유의 환상적 드리블에 모두가 환호성을 질렀다. 지유는 순식간에 골키퍼 앞까지 돌진했고 곧바로 득점으로 연결했다. 1반 아이들의 응원 소리가 운동장을 뒤흔들었다.

"와우, 역시 이지유다!"

4반 남학생들도 지유의 실력을 인정한다는 듯 엄지손가락을 치켜들었다. 하지만 스탠드 맨앞에 앉은 노랑머리 남학생은 마치 혼자 무인도에 있는 듯 운동장을 한 번도 바라보지 않고, 휴대폰만 만지작거렸다.

어느 순간 누군가가 찬 축구공이 요란한 '뺑' 소리와 함께 야구공처럼 쭉쭉 뻗어 스탠드로 향했다. 지유는 공의 방향을 눈으로 가늠하다가 그 공이 노랑머리 쪽으로 향하고 있다는 것을 판단하곤 맹렬한 속도로 그 앞으로 달려갔다. 스탠드에 앉은 아이들이 모두 "어, 어" 하며 두 손을 들어 머리를 감싸고 몸을 움츠리고 있는 사이에도 여전히 아무 생각 없는 노랑머리는 고개를 푹 숙이고 휴대폰만 볼 뿐이었다.

요란한 '픽' 소리가 나고서야 노랑머리의 주인공, 하준이 고개를 들었다. 한 여학생이 자신의 코앞에서 엄청난 점프를 하며 머리로 공을 쳐 내고 있었다. 여학생은 충격이 심했는지 한동안 머리를 움켜잡고 움직이지 못했다.

"지유야, 괜찮니?"

체육 선생님이 달려와 지유에게 물었다.

"네, 괜찮습니다!"

지유가 머리를 한 번 흔들더니 곧장 운동장으로 다시 돌아갔다. 그 모습에 아이들이 박수를 보냈다. 하준은 그 후로 지유에게서 눈을 떼지 못하고 경기 내내 지유를 지켜봤다.

지유는 후반전에서도 한 골을 더 넣어 1반을 승리로 이끌었다. 1반 아이들이 지유를 부둥켜안고 방방 뛰었다. 지유 역시 환한 미소로 땀범벅이 된 친구들과 어깨를 두르며 기쁨을 함께했다.

체육 시간이 끝나자마자 지유는 친구들과 함께 수돗가로 향했다. 물을 틀어 곧장 얼굴과 목에 시원한 물을 끼얹었다. 아이들이 장난삼아 서로에게 물을 튕기기도 했다. 세수를 끝낸 지유는 닦을 것이 없어 체육복 상의를 잡고 얼굴을 닦으려 고개를 숙였다. 그때 지유의 시야로 커다란 손이 쑥 들어왔다. 타탄체크 무늬 손수건이었다. 지유는 고개를 들어 손의 주인공을 쳐다봤다. 노랑머리였다.

"아까는 정말 고마웠어. 머리는 괜찮아?"

얼굴만큼 매력적인 중저음의 목소리가 또다시 지유의 심장을 강타했다.

"응, 괜찮아. 별것도 아닌 걸 뭐. 축구 경기를 하다 보면 헤딩은 늘 있는 일이니까."

지유는 자신의 떨리는 마음을 눈치채지 못하게 하려고 아무렇지 않은 듯 대답했다. 그러다 보니 하준이 내민 손수건엔 신경 쓸 틈이 없었다.

그러자 노랑머리가 지유의 손을 잡고, 지유의 손 위에 손수건을 얹어 주었다.

"내 이름은 하준이야. 성이 '하'고 이름이 '준'이야."

하준의 말에 지유는 뭐라고 대꾸할 줄 몰라 멍하니 서 있었다. 하준은 지유의 체육복 상의를 손가락으로 가리키며 "네 이름은 이지유구나. 이.지.유."라고 말했다. 하준은 마치 머릿속에 지유의 이름을 꼭 기억하려는 듯 지유의 이름을 한 번 더 부르고는 뒤돌아갔다. 지유는 한동안 얼이 빠진 채 하준이 준 손수건과 하준의 뒷모습을 번갈아 봤다.

수돗가에서 얼굴을 씻던 여자아이들도 아무렇지 않은 척 그 모습을 보다가 하준이 자리를 뜨자마자 난리가 났다.

"목소리가 미쳤어. 심장 폭행당하는 줄!"

"와 이럴 줄 알았으면 내가 가서 온몸을 던져 공을 막는 건데. 와, 아깝다, 아까워!"

"지유야, 완전 부럽다! 너 로또 당첨이다!"

지유는 쑥스럽고 부끄러워 손수건으로 얼굴조차 닦지 못하고 손바닥으로 손수건만 만지작거릴 뿐이었다.

6교시 종이 울리기 전 지유는 가방을 챙겨 체육관으로 향했다. 지유가 체육관 문을 열자 먼저 와서 몸을 풀고 있는 선배와 친구들이 보였다. 근력 강화를 위한 지상 훈련이 시작되었기 때문에 다들 바빠졌다. 게다가 10월에는 스피드 스케이팅 선수권 대회가 있었다. 그 대회에 출전하기 위해선 기록이 좋아야 했다. 경쟁에는 선후배가 따로 없었다. 그런 분위기 때문에 모두가 바짝 긴장하고 있었다. 특히 500m와 1000m 경기에 출전하는 선수들이 많아 지유는 부담을 느꼈다. 다들 체대를 목표로 하고 있어서 이 대회에서 좋은 성적을 거두는 것이 관건이었다. 그 때문에 사소한 일에도 신경을 곤두세우는 일이 자주 발생했다.

하지만 지유는 오늘따라 훈련에 집중하기 힘들었다. 워밍업으로 몸을 푸는 체조를 할 때도 자꾸만 하준이 떠오르는 바람에 늘 하는 워밍업의 순서를 혼자 놓쳐 버렸다.

'안 돼! 집중하자! 내 인생이 달린 시합이 있는데 그깟 남자 하나 때문에 흔들릴 수는 없지.'

하지만 그와 동시에 마음 깊은 곳에서 다른 목소리도 들려왔다.

'그깟 남자아이라니! 지금 아니면 언제 그런 남자아이랑 만나볼 수가 있겠냐? 지금이 기회야. 지유야, 잡아!'

지유의 머릿속이 복잡해졌다. 코치가 들어와 지유를 지적했을 때에야 겨우 정신을 차릴 수 있었다. 잠시 후, 지구력을 기르기 위한 사이클 훈련이 운동장에서 이어졌다. 스피드 스케이팅은 하체의 힘을 기르는 것이 관건이기 때문에 지구력을 기르고 하체를 관리하기 위해 더워지는 여름엔 사이클로 운동했다.

오후이긴 했지만 운동장은 여전히 햇볕으로 가득 차 금세 더워졌다. 안전을 위해 헬멧까지 써야 해서 땀이 더욱 많이 흘러내렸다. 운동장을 돌면 돌수록 숨은 점점 더 가빠왔다. 시간이 멈춘 듯 가지 않았고, 코치 선생님은 그만하라는 말을 하지 않았다. 어느 순간 머릿속에 아무런 생각이 들지 않았다. 훈련이 끝나자마자 모두가 자전거에서 내려 운동장에 아무렇게나 누웠다. 하지만 코치가 시키는 마무리 운동까지 하고 나서야 휴식을 취할 수 있었다. 체육관에 있는 샤워실에서 대충 씻고 나오니 운동장에는 가로등이 다 켜져 있었다.

지유는 한쪽 어깨에 가방을 메고 덜 마른 머리를 매만지며 교문을 빠져나왔다.

"지유야!"

그때 정문 앞에서 하준이 손을 들어 인사했다.

하준은 마치 오랜 친구에게 말하듯 아무렇지 않게 지유 옆에 서서 걸었다. 수업은 진작 끝났을 텐데 지금껏 가지 않은 것을 보니 아무래도 지유를 이 시간까지 기다린 것 같다.

"배고프지 않아? 나랑 밥 먹으러 같이 갈래?"

지유는 지금껏 단 한 번도 남자 친구를 사귀어 본 적이 없었다. 그래서 이럴 땐 어떻게 해야 할지 망설여졌다. 같이 가고도 싶었지만 좋아하는 아이 앞에서 뭘 먹는다는 것도 불편할 것 같았다. 그럴 바에는 거절하는 게 낫겠다는 생각에 "다음에……."란 말을 꺼내려는 순간 배에서 꼬르륵 소리가 났다. 지유는 얼굴이 빨갛게 달아올랐다.

"너 수제 햄버거 좋아하니? 얼마 전에 학교 근처에서 꽤 괜찮은 햄버거집을 본 적 있어서."

"응, 좋아해."

지유는 머쓱해서 웃으며 하준의 뒤를 따랐다.

수제 햄버거 가게에서 하준은 가장 푸짐한 세트 메뉴를 골라 주었다. 지유는 평소 같았으면 한 입 크게 벌려 햄버거를 입에 쑤셔 넣었을 텐데, 오늘은 왠지 그렇게 하면 안 될 것 같았다.

아니 그보다 식탐이 나지 않았다. 자신도 놀랄 지경이었다.

"왜 맛이 없니? 햄버거 안 좋아해?"

하준이 물어본 후에야 지유는 아주 조심스럽게 햄버거를 먹기 시작했다. 이상하게도 몇 입 먹지 않았는데 배가 불렀다. 햄버거 패티가 부드러웠는데도 불구하고 제대로 넘어가질 않았다. 지유는 그런 신체적 반응이 놀라웠다. 밥 안 먹어도 배부르다는 말은 다 뻥인 줄 알았는데, 자신이 그걸 증명할 줄이야! 커다란 햄버거를 더 먹을 수 없어 내려놓았다. 가슴이 벅차면 그 벅참이 위장을 가득 채운다는 것도 알게 되었다. 지유는 힐끗거리며 자꾸만 하준의 얼굴을 쳐다보았다. 봐도 봐도 멋진 얼굴이었다.

"이거 남기는 거야? 아까운데……. 내가 먹어도 되지?"

지유는 해맑게 웃으며 말하는 하준의 얼굴을 보고 깜짝 놀랐다. 햄버거에 자신의 잇자국이 선명히 나 있는데도 불구하고 아무런 거리낌 없이 지유의 햄버거를 가져다 먹었기 때문이다. 생긴 건 결벽증 환자 같은데, 그와 다르게 너무 털털해서 놀랐다.

'내가 먹던 건 엄마도 안 먹는데…… 성격이 외모만큼 훌륭하네.'

지유는 저런 아이가 자신과 왜 밥을 먹고 있는지 혹시 불순한 의도는 없는지 의심이 갈 지경이었다.

"집은 어느 쪽이야?"

하준이 다 먹은 후 지유에게 다정스럽게 물었다.

"여기서 가까워. 대로 건너에 있는 아파트야."

"그래? 우리 집이랑 가까운 곳이네. 나랑 같이 가면 되겠다."

하준이 반색하며 말했다.

지유는 동공 지진이 날 것만 같았다. 지금도 이렇게 불편한데 그 길을 어떻게 갈까 걱정스러웠다. 하지만 지유의 걱정에도 아랑곳없이 하준이 벌떡 일어나 지유의 백팩을 들어 자신의 어깨에 메었다. 지유가 괜찮다고 해도 막무가내였다. 태어나서 지금까지 누군가를 도와준 적은 많았지만 한 번도 이렇게 대우받은 적이 없어 당황스러웠다. 뒷모습만 본다면 건장한 두 남학생이 걸어가는 것으로 보일 텐데 말이다.

지유는 자신이 일진이 되어 하준에게 가방 셔틀을 하는 것처럼 보일 수도 있을 것 같아 마음이 몹시 불편했다. 하지만 설레는 건 어쩔 수 없었다.

다음 날에도, 그다음 날에도 하준은 늘 일관되게 지유를 기다려 주었다. 그래서 훈련 시간이 끝나면 지유는 하준과 데이트 아닌 데이트를 하게 되었다. 종종 지유는 하준에게 직접 묻고 싶었다.

"이거 데이트 맞지? 지금 우리 사귀는 것 맞지?"라고. 하지만 묻지 못했다.

하준이 그냥 웃으며 '그럴 리가, 우린 그냥 친구잖아.'라고 말할까 봐 겁이 났기 때문이다.

하준과의 대화는 늘 유쾌했다. 하준은 아는 것이 많았다. 가끔 "영국에 살 때 말이야, 중국에 살 때는⋯⋯" 하고 하준이 과거의 이야기를 할 때는 마치 엄청 높은 귀족 자제처럼 멋져 보였다. 자신이 경험한 운동 이야기는 하찮게만 느껴졌다. 게다가 운동에만 전념하느라 공부를 제대로 한 적이 없어서 하준에 비해 자신의 상식 수준이 형편없다는 것이 마음에 걸렸다.

어느 순간 둘의 데이트 목격담이 아이들에게 퍼졌고, 이내 둘은 연인 사이로 소문나기 시작했다. 하지만 지유는 끝끝내 아무 사이가 아니라고 발뺌했다. 솔직히 하준이 지유에게 사귀자는 말을 했다면 이렇게 쩔쩔매지 않았을 것이다. 하지만 지금으로선 하준은 단지 친절한 친구 그 이상도 이하도 아니었다.

덕분에 희망을 품게 된 많은 여자애가 하준에게 잘 보이기 위해 선물을 몰래 갖다 바치고 편지를 사물함에 두고 가곤 했다. 또 어떤 여학생은 교복이지만 좀 더 차별화를 두기 위해 길이를 더 짧게 자른다든가 아니면 얼굴에 화장을 하고 자주 4반 교실을 들락거렸다.

친한 친구 경미 역시 그 길에 동참했다. 짧은 다리엔 미니스커트가 최고라며 벌점을 각오한 채 교복 치마를 줄였다. 지유는 친구들의 그런 행동을 보면 마음이 자신도 모르게 언짢아졌다. 게다가 그렇게 꾸민 여자아이들이 자신과 달리 너무 귀엽고 예쁘다는 사실에 불쾌감마저 들었다. 뭐라고 콕 짚어서 말할 순 없지만 그건 일종의 불안감이었고 질투심이었다.

"너 있잖아, 경미 같은 애들 좋아?"

참지 못하고 하준에게 물었다. 하준이 지유를 멀뚱히 쳐다봤다.

"아니, 딱 경미라고 말하는 건 아니고, 키 작고 귀여운 여자아이들 말하는 거야."

"아니."

하준이 고개를 내저으며 말했다.

"하나도 안 좋아하는 거야?"

"응. 내 타입 아니야."

하준이 선을 긋듯이 확실하게 대답했다.

"아니, 왜? 그런 스타일 정말 귀엽지 않냐? 막 귀여운 인형이 걸어 다니는 것 같잖아."

지유는 자신도 모르게 자꾸 하준이에게 확신을 받고 싶었다.

"말했잖아, 난 그런 타입 안 좋아해."

하준이 그렇게 말하고 입을 닫았다.

지유는 그런 하준에게 대놓고 묻고 싶었다. '그럼 나 같은 타입은 어떠니?'라고. 하지만 차마 입 밖에 낼 수 없었다. 하준이 단호하게, 별로라고 말할 것이 두려웠기 때문이다.

다음 날, 여자아이들 사이에 하준에 관한 이상한 소문이 돌았다. 하준은 여자아이들이 준 선물을 하나도 갖고 가지 않았다고 한다. 오히려 선물을 보면 인상을 찡그리곤 했다는 목격담도 들렸다. 고백하는 편지를 휴지통에 버렸다는 소문도 돌았다. 고백했다 차인 아이들도 속출했다. 하루에 한 번은 하준의 반에서 울먹이며 뛰쳐나오는 여학생들의 모습을 볼 수 있었다. 아이들은 하준의 눈이 너무 높아서 재수 없다는 말도 했다.

지유는 그 말에 안심이 되면서도 자신이 재수 없이 높은 하준의 눈을 채워 줄 수 있을지 걱정도 되었다.

체육관 창고로 둘은 숨어들었다. 지유를 바라보는 하준의 얼굴이 발갛게 상기되어 있었다. 지유가 하준의 얼굴을 감쌌다. 하준이 눈을 감았다. 하준의 긴 속눈썹이 아름다웠다. 지유는 하준의 붉은 입술에 자신의 입술을 대었다. 부드러웠다. 지유는 자신의 몸을 하준의 몸에 더욱 가까이 밀착시켰다. 하준의 손길이 지유의 몸 곳곳에 느껴졌다. 자신도 모르게 신음이 새어 나갔다. 하준도 '하' 하고 소리를 냈다. 하준의 소리는 점점 크게 들렸다.

알람이 울렸다.

지유는 일어나 고개를 절레절레 흔들었다.

"꿈이라니, 미친!"

배란기가 확실하다. 배란기엔 사타구니가 이상하게 근질거렸다. 욕구가 끓어올랐다. 학교에선 남학생들에게는 몽정이 자연스러운 거로 얘기하며 남자아이들의 자위를 지극히 당연하게 여겼다. 하지만 여학생들에게도 그런 일이 일어난다는 걸 말해 준 사람은 아무도 없었다.

여학생과 성욕은 어울릴 수 없었다. 그래서 지유는 자위를 하고 나면 죄책감에 시달렸다. 다음 날 엄마 얼굴 보기가 부끄러웠다.

"이지유, 넌 정말 몸만 순결해, 몸만! 진짜 머릿속은 맨날 19금 이지."

지유는 베개를 끌어 잡고 혼잣말로 중얼거렸다. 그리고 곧 이부자리에서 벌떡 일어나 욕실로 곧장 들어가 샤워했다.

'지유야, 주말에 바쁘지 않으면 나랑 영화 보러 가지 않을래?'

하준에게서 문자가 왔다.

지유는 소리를 지르며, 휴대폰을 가슴에 안았다.

"영화관이라니, 이거, 이거 정식 데이트 신청이라고! 드디어 내 사랑의 그린라이트가 켜진 거야!"

하준의 문자를 보자마자 어둠 속에서 하준과 키스할 생각에 부풀었다. 첫키스하기 딱 좋은 장소로 보였기 때문이다. 지유는 자신의 훈련 계획표에 '오늘부터 1일'이라고 적었다.

"오늘이 드디어, 마침내 하준과 정식 데이트하는 첫날이구나!"

지유는 곧바로 문자를 보냈다.

예쁜 이모티콘과 함께 'O.K.'라고.

그리고 곧장 옷장으로 가 주말에 입을 옷을 뒤졌다. 하지만 몇 분이 채 지나지 않아 주저앉아 버렸다. 옷장에는 스포츠 매장마냥 추리닝과 스포츠용 옷만 가득했기 때문이다. 지유는 갑자기 화가 나서 거실에서 TV를 보는 엄마를 향해 소리쳤다.

"엄마, 나 옷 좀 사 줘!"

지유의 말에도 지유 엄마는 TV 보느라 뒤도 돌아보지 않고 말했다.

"옷장마다 다 네가 좋아하는 옷이고 네가 만날 입는 추리닝이 가득한데 거기서 뭘 더 사라는 거야?"

엄마의 말에 지유가 옷장 문을 쾅 닫았다.

"이제 그런 옷 말고 엄마, 그냥 여자 옷 말이야. 예쁜 옷."

지유는 엄마의 물음에 혼잣말처럼 중얼거렸다.

그러다 지유는 벌떡 일어나 대학생인 언니의 옷장을 열었다. 언니의 옷장엔 정말이지 누가 봐도 로맨틱하고 하늘하늘한 옷들이 한가득 있었다. 지유는 그중 화려한 블라우스를 하나 골라 입고 언니의 잘빠진 스키니진도 꺼냈다. 블라우스는 아무렇지도 않게 잘 맞았는데 문제는 청바지였다. 언니가 아르바이트로 고가의 청바지를 샀는데 누가 봐도 탐날 정도로 예쁜 것이었다. 하지만 지유가 입자 허벅지에서 바로 걸렸다. 엉덩이 근처에도 가지 못했다. 지유는 자신의 허벅지가 오늘따라 저주처럼 느껴졌다. 고민 끝에 허벅지를 가려 줄 치마를 골랐다. 이것도 역시 이상했다. 소년에게 치마를 입힌 것처럼 어색해 보였다. 한참을 거울 앞에서 고민하던 지유는 언니 화장대에서 립스틱 하나를 꺼내 입술에 칠했다. 그리고 다시 큰 거울 앞에 섰다.

'아까보다 좀 낫네. 이왕 하는 김에 좀 더 해 볼까?'

지유는 언니의 화장품 파우치를 들고 자신의 방으로 와 이것저것 발라 보았다. 뭐 하나 어울리는 것이 없었다. 지유는 곧바로 휴대폰에서 뷰티 동영상을 찾아냈다. 동영상 속의 여성은 몇 번의 터치만 해도 완벽히 다른 미모의 얼굴로 변해 있었다. 지유는 동영상 속에 나오는 화장품도 사야겠다고 생각을 했다.

첫 데이트를 위해 태어나 처음 공들여 화장을 했는데, 거실로 나오자 언니가 화들짝 놀라는 표정을 짓다 뒷목을 잡았다. 엄마도 지유를 한참 보더니 한마디 했다.

"고등학교에도 학예회가 있니? 펭수 분장한 거야? 입술이 완전 펭귄이다, 얘!"

지유는 둘의 반응에 한숨을 폭 내쉬었다.

언니가 벌떡 일어나 지유의 손을 잡고 자신의 방으로 끌고 갔다. 그날 지유 언니는 신데렐라의 대모 요정처럼 지유를 변신시켰다.

하늘거리는 블라우스에 조금 짧은 스커트 차림으로 나타난 지유를 본 하준은 놀라서 눈을 동그랗게 떴다.

"지유야, 너 정말 예쁘다."

하준의 말에 지유는 눈물이 날 뻔했다. 이 차림을 하기 위해 얼마나 많은 노력이 있었는지 모른다. 인터넷으로 화장품을 사고, 태어나 처음 팩을 하고, 허벅지를 조금이라도 날씬하게 보이기 위해 코치님의 눈을 피해 운동도 슬렁슬렁했다.

둘은 어둠 속에서 영화를 봤다.

지유는 하준이 뭔가 액션을 취할 것을 대비해 마음의 준비도 해 두었다. 손을 잡아도 키스를 해도 오늘은 다 허락해 줄 수 있었다. 영화는 눈에 들어오지 않고 하준의 손과 몸짓에 정신이 팔렸다. 얼굴은 정면을 향했지만 속눈썹 아래 눈동자는 가자미눈이 되어 하준을 훔쳐보았다. 하지만 하준은 정말 영화만 봤다. 영화가 거의 끝날 때쯤, 의자 팔걸이에 팔을 기대느라 하준의 팔뚝이 지유의 팔뚝에 닿은 것이 스킨십의 전부였다. 지유는 하준의 몸에 닿은 팔꿈치를 손으로 살짝 만져 보았다. 마음이 짜릿해졌다.

'그래, 팔꿈치로 닿은 것도 스킨십은 스킨십이지.'

지유는 오늘 일기장에 '스킨십 1일'이라고 적어 놓아야겠다고 생각했다.

"오늘은 뭐 먹을까?"

영화를 보고 나서 하준이 물었다.

"그냥 너 먹고 싶은 거로 해."

지유가 늘 그랬던 것처럼 똑같이 말했다.

"근데 지유야, 넌 왜 항상 네 의견이 없어?"

하준이 지유를 물끄러미 바라보며 물었다.

지유는 하준의 말에 멍해졌다. 그러고 보니 지유는 단 한 번도 하준에게 무엇을 하자고 제안한 적도 요구한 적도 없었던 것 같다. 이상하게 하준의 앞에만 서면 작아졌다. 하준의 기분을 자신도 모르게 살피게 되었고 눈치를 봤다. 어떻게 해서든 하준의 마음에 들기를 간절히 바라는 마음이 그런 식으로 나온 것 같았다.

지유는 또다시 망설여졌다. 마음 같아서야 "난 네가 좋아하는 걸 하는 게 좋아."라고 말하고 싶지만 그렇게 말했다가는 자신의 마음이 너무 노골적으로 드러날 것 같아 참고 참았다.

"아무래도 내가 운동부라서 그런지 주는 대로 먹고 시키는 대로 하다 보니까 나도 모르게 그렇게 됐네. 하하하!"

"그래도 다음엔 네가 좋아하는 걸 꼭 알려 줘. 네가 좋아하는 게 뭔지 나도 알고 싶으니까."

하준의 말에 지유의 웃음이 멈췄다.

'네가 좋아하는 게 뭔지 나도 알고 싶으니까!'

하준의 말에 지유는 뇌 작동이 멈춘 것 같았다. 너무 행복해서 그날 하루는 구름 위를 걸어 다니는 것처럼 마음이 붕 떠 있었다. 지유는 하준이 말하는 한마디 한마디를 머릿속에 새겨 넣으려고 애썼고, 하준의 표정 하나도 놓치지 않으려고 애썼다.

하지만 하준에 대한 마음이 커지면 커질수록 집으로 돌아와서
는 다시 불안해졌다. 하준은 무슨 금기어라도 되는냥 사귀자는
말을 하지 않았고, 손도 잡지 않았다. 이걸 도대체 어떻게 해석해
야 할지 몰랐다.

지유는 컴퓨터 앞에 앉았다.

'데이트 중 남자 친구가 손을 잡게 하는 법'을 쳤다.

'손이 춥다고 얘기하세요.'

지유가 한숨을 쉬었다.

'미친, 6월에 손이 춥다고 할 수도 없고. 수족냉증이라고 해야
하나. 그러기엔 내 손이 너무 따뜻해.'

다음엔 '키스를 이끄는 방법'을 검색했다.

'자신의 매력을 어필하세요.'

지유는 눈을 비벼 다시 확인했다.

'헉, 뭐냐, 이게 방법이냐! 매력을 어떻게 어필하는지 알려 줘야
할 것 아니야!'

그리고 연관 검색어 중 '키스를 부르는 립스틱'까지 샅샅이 살
펴보았다. 하지만 건질 만한 얘기는 하나도 없었다.

지유는 답답한 마음에 경미를 놀이터로 불러냈다.

지금까지 하준과 있었던 이야기를 들려주자 경미가 경악스러워

했다.

"뭐, 뭐냐? 나한테 한마디도 안 하고! 너, 배, 배신이다, 이건!"

경미가 그네에서 벌떡 일어나 삿대질을 하며 소리쳤다.

"아, 몰라. 그러니까 이게 사귀는 거야, 안 사귀는 거야?"

지유가 흥분해서 팔딱거리는 경미를 앉히며 물었다.

"그러니까, 하, 뭐냐. 밥도 먹고 영화도 보는데 사귀자는 말은 안 하고 스킨십조차 없단 말이지?"

경미의 물음에 지유가 격하게 고개를 끄덕였다.

"내가 오죽하면 하준이랑 키스하는 꿈을 꿨겠냐?"

지유는 나오지도 않는 콧물을 삼키는 척하며 말했다.

"칫, 네가 키스하는 꿈만 꿨겠냐? 난 네 상상력의 스케일이 그렇게 작을 리 없다고 본다."

경미가 확신에 찬 목소리로 말했다.

"어떻게 알았냐?"

지유는 주변을 살피며 작은 목소리로 물었다.

"넌 암컷 늑대니까."

"무슨 말이야?"

"선생님이나 어른들이 남자는 다 늑대라고 하잖아, 근데 솔직히 늑대가 남자만 있냐? 암컷 늑대도 있지. 나도 성욕 쩔어. 단지 티를 안 낼 뿐이라고. 왜? 우리는 순수한 이미지의 여고생이니까.

교복 입은 여고생은 순수의 아이콘이잖냐. 거기다 대고, '저는요, 매일 밤 야시시한 꿈만 꿔요.'라고 말할 수도 없잖냐."

경미가 아무렇지 않은 듯 솔직하게 말했다.

"하, 눈물 날 것 같다. 나만 그런 게 아니었어! 그니까 난 지극히 정상인 거지?"

"당근이지. 춘향이랑 이몽룡도 16살이었어. 진짜 우리보다 어린 것들이 엄청 까진 거지. 우리는 몸만은 순결하잖아, 남자의 손을 타지 않은 청정지구. 아, 순결한 내 손과 내 입술이여! 물론 머릿속이 음, 알지? 19금도 막 마구 넘잖아. 큭큭큭."

경미의 말에 지유가 푸핫하고 웃음을 터뜨렸다.

한편으로 안도감도 느꼈다.

"그건 그렇고, 결론적으로 말이야, 내 모든 연애 상식을 통해 봤을 때, 이건 그냥……."

"그냥, 그냥 뭐?"

지유가 참지를 못하고 경미를 다그쳤다.

"그냥, 음, 동네 친구인 것 같아. 미안한 말이지만, 아무리 좋게 봐 주려고 해도 그 이상은 절대 아닌 것 같아. 너를 믿고 의지하는 남자 사람 친구라는 거지."

경미의 말에 지유가 무너져 내렸다.

"야, 그래도 확실하게 관계를 정하려면 물어봐. 너 원래 이렇게 수줍고 소극적이고 그런 애 아니잖아. 씩씩하게, 너 나랑 사귀는 거냐, 아니냐? 나랑 사귈 거 아니면 이제 그만하자. 이렇게 대놓고 말하라고. 왜 말을 못하는 거야? 네가 무슨 홍길동도 아니고 남자 친구를 남자 친구라 부르지 못하고. 야, 이 답답아, 네 핸드폰 줘 봐."

경미는 지유의 핸드폰을 뺏어 하준에게 보낼 메시지를 적었다.

'야, 나랑 사귈 거면 빨리 고백을 하든가 키스를 하란 말이야!!!!! 아니면 여기서 그만 둬!'

경미가 장난스럽게 웃으며 자신이 쓴 문자를 보여 줬다. 지유가 그 문자를 보자마자 경악하며 핸드폰을 뺏으려 했다. 하지만 경미는 그렇게 호락호락한 아이가 아니었다. 둘은 옥신각신하다가 휴대폰을 두고 몸싸움이 났다. 지유가 경미를 간질이고 난 후에야 겨우 핸드폰을 경미에게서 돌려받을 수 있었다.

곧 문자를 지우려고 핸드폰을 보던 지유는 눈이 얼어 버리고 말았다.

"왜, 왜 그래?"

경미가 지유를 보며 물었다.

지유가 휴대폰을 경미에게 내밀었다.

"뭐냐, 문자가 전송됐네. 어떻게 하냐?"

경미가 놀라 입이 쩍 벌어졌다.

"이제 난 어떻게 하냐고! 이게 다 너 때문이야!"

지유의 포효하는 목소리가 놀이터에 울려 퍼졌다. 경미는 닥스훈트처럼 짧은 다리를 휘저으며 집으로 달리기 시작했다. 그 뒤를 사나운 시베리안 허스키로 변한 지유가 맹렬히 뒤쫓았다.

답이 오지 않았다.

문자를 보내고 나서 학교에서 하준을 피해 다니기만 했다. 하지만 마음 한편으로 경미가 대신 자신의 속마음을 후련하게 보내 준 것이 좋기도 했고, 어쩌면 하준이 금방 자신의 속마음을 다 얘기할지도 모르겠다는 일말의 기대도 있었다. 하지만 며칠이 가도록 단 한 통의 문자도 오지 않았다. 지유는 머리를 벽에 찧었다.

'바보, 바보, 바보, 그냥 남자 친구가 아니라도 옆에서 볼 수만 있어도 좋았을 텐데, 왜, 왜, 왜 욕심을 부렸을까!'

그날부터 지유의 마음은 지옥 한가운데 있는 듯 괴로웠다.

"이지유, 너 요즘 밥 안 먹냐? 도대체 하체 체력이 왜 이 모양이냐고! 이렇게 해서 무슨 대회를 나가! 지금 정신을 어디에 둔 거야? 기록경기에서 0.1초도 아쉬운 건데 넌 지금 얼마나 정신이 해이해진 거냐고!"

올 것이 왔다고 지유는 생각했다.

속앓이하느라 밥도 제대로 먹지 못했다. 단단하게 가꾼 허벅지가 예쁜 옷 입을 때 방해가 되어 근육 운동을 제대로 하지 못한 것도 원인이었다. 이렇게 될 거란 건 누구보다 지유가 먼저 알았다. 코치는 그런 지유에게 특단의 조치를 취했다.

지유 앞에 커다란 자동차 타이어가 놓였다. 지유는 허리에 끈을 묶어 타이어를 끌고 운동장을 도는 연습을 해야 했다. 코치가 자전거를 타고 앞으로 달리며 "하나, 둘, 하나, 둘" 구호를 외쳤다. 그 뒤를 지유가 끙끙거리며 따랐다. 얼마 가지 않아 땀이 비 오듯이 쏟아졌다. 타이어는 점점 더 뒤에서 지유를 잡아끄는 것 같았다. 이제 몇 바퀴 남지 않았는데 자꾸만 주저앉고 싶어졌다. 하지만 이를 악물고 뛰었다. 몸은 힘들었지만 정신은 점점 더 맑아지고 있었다.

'어쩌다가 이렇게 되었을까? 요즘 난 내가 아닌 다른 사람이 된 것 같아. 어디서부터 잘못된 걸까?'

갑자기 눈물이 흘러내렸다. 동시에 다리의 힘은 다 풀릴 것만 같았다. 한 바퀴가 남았을 땐 뛰는 것도 힘들었다. 하지만 포기하고 싶지 않았다. 다리를 질질 끌며 걸었다. 울면서 걸었다. 얼굴은 새빨갛게 변했고, 그 위로 눈물과 콧물이 범벅이 되어 흘러내렸다. 하지만 포기하지 않고 완주했다. 코치 선생님이 자전거에 내려 지유에게 걸어왔다.

"무슨 일이 있는 건지 모르지만 그게 무슨 일이든 네 소중한 꿈까지 저버리게 해서는 안 돼. 알겠지? 고민 있으면 주변 사람들에게 손을 내미는 것도 중요한 거다. 손이란 게 그런데 쓰라고 있는 거야."

코치 선생님은 지유의 어깨를 다독이고 나서 자리를 떴다.

지유는 철퍼덕 주저앉았다. 이제는 어린아이처럼 무릎에 고개를 파묻고 울었다. 울음을 그친 후 누군가의 시선이 느껴져 고개를 들었다. 하준이 운동장 스탠드에 앉아 있었다. 정면으로 하준의 눈과 마주쳤다. 하준이 얼굴을 찡그렸다.

지유는 얼굴이 빨갛게 달아올랐다.

지금 지유의 모습은 누가 봐도 제대로 된 몰골이 아니었다. 아무리 너그러운 남자아이라도 이 모습에 얼굴을 찡그릴 것이다. 지유는 이 자리를 피해야겠다는 생각에 하준과 눈이 마주치자마자 맹렬하게 뒤를 돌아 체육관 샤워실로 튀었다. 체육관에 들어오자마자 창문으로 하준의 모습을 지켜보았다. 하준이 교문을 빠져나가고 있었다.

지유는 하준의 뒷모습을 하염없이 쳐다봤다. 누가 봐도 끝이었다. 하준은 단 한 번도 뒤를 돌아보지 않고 자기 갈 길을 걸어갔다. 지유는 샤워실에 들어가 거울을 보았다. 거울 속에는 역사 책에서 나온 동학 농민군 한 명이 서 있었다. 상투머리는 풀려서 옆으로 다 삐져나오고, 얼굴은 새빨갛게 달아올라 있었다.

"돌아갈 만해. 내가 봐도 이런데……."

더는 눈물이 나올 것도 없다고 생각했는데 자신의 몸 어디에 커다란 웅덩이가 생긴 것 마냥 또다시 눈물이 흘러넘쳤다.

늦은 저녁 시간 지유와 경미는 놀이터 벤치에 앉아 아이스크림을 먹으며 쓸데없는 이야기를 한참 동안 했다. 그러다 경미가 먼저 지유 눈치를 보다 이야기를 꺼냈다.

"마지막으로 하준이 본 게 타이어 끌 때라고 했지?"

경미가 입술에 묻은 아이스크림을 핥으며 물었다.

"응, 마지막 모습이 아름다워야 했는데 다 말아먹었지 뭐, 얼굴은 더워서 붉게 타오르고 머리는 반쯤 풀려서 조선 시대 사형수처럼 산발이었다니까. 허벅지는 어떻고! 그야말로 적장의 목을 베고 막 돌아온 장수의 말벅지처럼 두꺼워져 있었을걸. 그런 모습으로 남자처럼 엄청난 고함을 지르면서 타이어를 끌고 가는 여자라니! 아, 생각만 해도 낯 뜨겁다. 그 애 머릿속에서 그 장면이 다 사라져 버렸으면 좋겠어."

경미가 빤히 지유를 쳐다봤다.

"너에게 처방전을 내려 줘야 할 것 같다. 네 연애의 문제는 바로 너의 낮은 자존감이야. 생각해 봐, 그게 뭐가 부끄러워? 네 몸 말이야. 그게 뭐가 나쁜 건데. 그건 다 네 노력의 결과잖아. 스피드 스케이팅하는 애가 종아리가 가늘고 허벅지가 가늘면 선수 생활 끝이잖아. 넌 그냥 학생이 아니라 스피드 스케이팅으로 국가 대표가 되고 싶어 하는 꿈나무잖아. 그 나이에 국가 대표라는 어마무시한 목표를 가진 사람이 몇이나 되겠냐? 게다가 꿈을 이루기 위해 하루도 빼놓지 않고 운동하는 애들이 얼마나 되겠냐고? 그건 네가 성실하고 인내심도 끝내준다는 얘기잖아. 그 모습이 멋있어서 널 다 좋아하는데 넌 그걸 부끄러워하면 어쩌자는 거야?"

경미의 말에 지유가 고개를 번쩍 들었다. 경미는 자신의 말에 지유가 감동받았다고 생각했다. 스스로 뿌듯해서 어깨가 올라갔다. 하지만 바로 그때, 지유가 벌떡 일어나 따지듯이 소리쳤다.

"말은 쉽지! 야, 그건 친구니까 그렇게 볼 수 있는 거잖아. 하지만 이성으로 말이야, 남자들 눈에 솔직히 내가 매력이 있다고 말할 수 있냐? 어, 막 빈혈 걸린 것처럼 얼굴은 하얗고, 금방 넘어질 것 같이 가냘프고, 밥숟가락으로 몇 번 밥 먹고는 아, 배불러 하는 그런 애들만 좋아하잖아. 나 봐봐. 허벅지는 막 다른 날씬한 여자애들 허리만 하고, 응, 또 여기 종아리 봐봐. 여기는 막 알배어서, 생선알도 아니고 달걀보다 더 커서 막 좀 있으면 병아리 부화할 것 같고. 젠장, 발바닥은 이 망할 놈의 연습 때문에 굳은살이 남극 빙하처럼 두껍고! 어깨는 우씨, 웬만한 남자애들보다 더 넓어서 태평양 같고! 그러니까 키도 더 커 보이고. 이게 여자냐, 이게 여

156

자처럼 보이냐고. 이건 그냥 곰새끼잖아. 아니 곰새끼는 귀엽기라
도 하지. 이건 그냥 빅, 빅, 빅 베어, 큰 곰이잖아!"

지유는 마치 성난 수컷 곰이 으르렁거리듯 자신의 속을 토해 냈
다. 경미는 폭포처럼 쏟아지는 절망적인 말을 듣고는 한숨을 푹
내쉬었다.

"너 정말 사랑에 푹 빠졌구나. 사랑이 일종의 정신 착란 증세라
더니 넌 정말 심각하다. 원래 누군가를 좋아하면 상대방이 그렇
게 멋져 보이고 자신이 초라해 보일 수 있어. 하지만 넌 증세가
너무 심각해. 아무리 그래도 너 자신까지 다 잃어버릴 정도면 무
슨 소용이 있냐? 먼저 너 자신을 그대로 받아들이고 사랑해야지.
네 몸을 누구에게 만족시킬 대상으로 만들면 넌 끊임없이 몸을
변화시켜야 해. 그리고 네 몸을 싫어하는 사람이라면 너 자체도
좋아할 사람이 아니야. 그런 남자 친구라면 안 만나는 게 좋은 것
아니냐? 친구야, 넌 너 자체로도 이미 멋지다고. 내가 이거 녹음
해 줄 테니까 하루에 세 번 식사 30분 후에 약처럼 들어. 그럼 네
병 다 나을 거야. 내가 이래 봬도 약사 집 딸이잖아. 이거 직빵이
다. 자, 따라 해 봐. 나는 멋지다. 나는 멋지다. 나는 나 자체로도
멋지다!"

경미가 지유의 손을 잡고 기도하듯 말해 주었다.

집으로 돌아오는 길에 지유는 주변에 사람이 없는 걸 확인하고

는 경미의 처방전을 써 보았다.

"나는 나 자체로도 멋지다, 멋지다, 멋지다!"

그러다 피식 웃었다.

그 말 한마디에 신데렐라처럼 자신이 변할 거라는 생각이 우습게 느껴졌기 때문이다.

집으로 돌아와 자신의 방을 둘러봤다. 온갖 메달이 벽에 매달려 있었고 장식장엔 자신이 받아 온 트로피가 한가득 있었다. 그중 전국동계체육대회에서 우승한 메달을 꺼내 보았다. 엄마가 늘 닦아서 여전히 반질반질했다.

'이게 나지. 진짜 나.'

지유는 하준과 함께 있었을 때 하준이 좋아하는 것만 해 주고 싶었다. 그런데 어느 순간부터 그 아이의 눈으로 그 아이가 바라는 여자가 되고 싶어졌다. 하준이 원하는 게 뭘까 생각하다 보니 자신이 갖고 있는 모든 걸 다 내놓아야 할 것 같았다. 튼튼한 허벅지 근육, 큰 키, 짧은 머리 같은 것들은 다 버려야 할 것 같았다. 솔직한 말투도 어쩐지 여자답지 못해 보였고, 큰 목소리도 부끄러워졌다. 그렇게 자꾸 본인이 가진 것들을 지우다 보니, 자기다운 것이 하나도 남지 않았다. 심지어 그런 생각을 하면서도 슬프지도 않았다. 그 모든 것을 버리고라도 하준의 마음에 들고 싶었으니까.

'이제 도저히 못해 먹겠다. 이런 연애 같지 않은 연애. 이별 같지 않은 이별. 이건 내 스타일이 아니야.'

지유는 주먹을 꽉 쥐었다.

다음 날, 지유는 학교 가기 전에 거울 앞에 섰다.

"대화하자. 하준이를 만나서 진짜 속마음을 얘기하자. 상상 속의 하준이가 아니라 진짜 하준이랑 얘기하자. 나의 절절한 마음을 털어놓자. 그리고 헤어지더라도 찜찜하지 않게 헤어지자. 마지막까지 나답게, 지유답게, 아자아자 파이팅!"

지유는 전장에 나서는 군인처럼 파이팅을 외치며 집을 나섰다. 하지만 학교에 도착할 때쯤, 가슴은 답답해지고 하준을 마주칠까 봐 눈을 두리번거리기 바빴다. 속으로 이건 아니라고 생각하면서도 자꾸 용기를 잃어 가고 있었다. 그래도 수업이 끝나는 시간에 용기를 끌어모아 하준에게 문자를 썼다.

'오늘 7시 체육관 앞.'

지유는 문자를 다시 지웠다.

'나란 인간은 뭐냐, 결투 신청도 아니고. 이게 뭐야! 뒤에다 총 필수라고 쓸 뻔!'

지유는 휴대폰을 앞에 두고 긴 고민에 빠졌다.

결국 '오늘 7시, 체육관 앞에서 만났으면 좋겠어.'라는 말을 뛰는 심장을 부여잡고 겨우 보냈다.

잠시 후, 하준에게 답이 왔다.

'좋아.'

훈련을 끝내고 체육관 청소도 하고 샤워도 했다. 이제 곧 7시가 된다. 하준이 곧 도착할 거라는 문자를 보냈다. 그 문자를 보자마자 마음이 쿵쿵거렸다. 어젯밤 하준에게 할 얘기를 작성했다. 작성한 메모를 보며 시험 전날 암기 과목 공부하듯 할 말을 다시 한 번 더 외웠다.

'나답게, 나답게, 이지유답게 하자!'

하준이 나타났다.

지유는 하준을 보자마자 팔목을 잡고 아무도 없는 체육관 안으로 끌고 들어갔다. 입으로는 고백할 말을 중얼중얼 연습하면서 말이다. 하준이 어리둥절한 모습으로 지유를 쳐다봤다.

지유는 하준을 한쪽 벽에 몰아붙이며 말했다.

"내가 좋아하는 음식은 된장찌개, 김치찌개, 콩나물 국밥이야. 완전히 아저씨 입맛이야. 추리닝처럼 편한 스타일이 제일 좋아. 특히 청바지 좋아하고 기타 모든 바지가 좋아. 긴 머리보다는 짧은 머리가 좋아. 빨리 감고 말릴 수 있으니까. 그리고 영화는 액션 영화 좋아해."

휘몰아치듯 말하던 지유가 입이 마른지 입술을 혀로 한 번 축이곤 다시 말을 이어갔다.

"그리고 이제부터 제일 중요한 말 할 거니까 잘 들어줘. 지금 내가 제일 좋아하는 건, 하준, 너야. 난, 난 네가, 너무 좋아. 다른 생각을 할 수 없을 만큼 좋아."

마지막 말은 고개를 숙인 채 말했다.

"내 고백이 부담스럽다면 당연히 거절해도 돼. 물론 거절할 때 내가 죽을지도 몰라, 쪽팔려서. 하지만 그것도 내가 감당할 몫이니까. 이제 네가 확실하게 네 입장을 말해 주면 좋겠어. 난 애매한 관계는 싫어. 이런 시간을 더 갖고 싶지는 않아. 네가 날 싫어한다면 아니 그냥 단순한 여사친으로 여긴다면 그냥 지금 나가면 돼."

무슨 선언처럼 자신의 말을 다 읊고 나서 지유는 눈을 감아 버렸다.

랩처럼 쏟아낸 말들이 하준을 어떤 상태로 만들었는지도 모르겠고, 이런 상황 자체가 어색하고 힘들었다.

침묵이 이어졌다.

지유는 글렀다고 생각했다.

혹시 자신의 말에 하준이 무서워서 얼어붙어 있지는 않은지 걱정까지 되었다.

그때 하준이 낮은 목소리로 말했다.

"나도 좋아해, 널, 많이."

지유가 눈을 떠 하준을 봤다.

'지금 내가 뭘 들은 걸까? 이것도 꿈일까?'

지유가 눈을 끔뻑이며 주변을 살폈다. 체육관 안에 단 둘이 있는 것도 맞았고 방금 전 운동한 후 벗어 놓은 체육복도 가방에 던져져 있었다.

"다시, 다시 한 번 더 말해 줄 수 있어?"

지유가 하준을 향해 부탁했다.

"나도 널 좋아해, 지유야!"

늘 보는 똑같은 풍경이지만 하준과 오랜만에 함께 걸으니 오늘따라 삼겹살집의 낡은 간판조차 아름다워 보였다. 둘은 끊임없이 대화를 주고받았다.

"난 처음부터 네가 좋았어. 네가 나에게 날아오는 공을 막아 주었을 때부터. 선생님의 걱정스러운 목소리에 시크하게 '괜찮습니다.'라고 말했을 때도 멋졌고. 다시 운동장으로 돌아가서 두 골이나 넣는 모습도 장난 아니었고. 네가 자꾸 궁금해지기 시작한 것도 그쯤이었어."

"그런데? 그런데 왜 문자에 답을 안 한 거야? 아니 그 전에 왜 나한테 좋아한다는 말을 안 한 거야?"

지유의 물음에 하준이 머뭇머뭇했다.

"사실 나한테는 고백 트라우마가 있어."

지유가 하준을 빤히 봤다.

"그게 뭔데?"

하준은 지유에게 자신이 겪었던 이야기를 들려주었다.

"내가 영국에 있을 때였어. 내가 다른 동양인에 비해 키가 커서 그런지, 여자아이들이 호기심을 보였어. 처음 본 예쁜 영국 여자아이가 나에게 대뜸 고백했었어. 너처럼 문자로. 나도 그 여자아이가 좋아서 고백을 받아들였고. 그렇게 사귀기로 했는데 어느 날 그 여자아이가 다른 친구랑 얘기하는 걸 들었어. '에리카와 내기 했거든. 누가 먼저 꼬실지 말이야. 내가 위너가 됐지. 하지만 그냥 장난삼아 사귀는 거야. 내가 진심으로 동양인이랑 사귈 리 없잖아.'라고 하는 말을. 그 말을 듣고 어떤 여자아이에게는 사귀는 게 장난일 수도 있다는 사실에 충격을 받았어. 이런 말하면 재수 없다고 할 수 있지만 난 사실 고백을 많이 받았어. 아주 많이. 다들 내 얼굴만 보고 다가와서 쉽게 고백하는 일이 많았거든. 나는 그게 어떻게 가능한지 모르겠어. 나는 누군가를 그렇게 하루 아침에 좋아하지 않는데 어떻게 그들은 그렇게 쉽게 다가오고 쉽게 고백하는지 이해가 되지 않아. 그래서 그런 고백이 장난은 아닐까 하는 생각이 들었어. 실제로 나를 트로피처럼 여기는 여자아이들도 있었어. 파티에 데려가서 자랑거리로 삼으려는 목적으로 단기간에 사귀는 것 말이야. 그런 일이 제법 많이 생기니까 그

때부터 여자아이들이 나를 흘끔거리는 것도 너무 싫고. 다들 내 외모에만 관심 두지 진짜 나에 대한 관심을 갖는 건 아니라는 생각도 들어서 심하게 속앓이도 했어. 그래서 난 오래 지켜보고 말해야 한다고 생각했던 거야. 게다가 네가 보낸 문자가 너무 장난같아 보여서 그래서 생각을 할 시간이 필요했던 거야."

지유는 하준의 말을 집중해서 들었다.

하준에게 그런 사연이 있을거라고 상상조차 못했다.

'너무 잘생겨도 그런 일이 생기는구나.'

지유는 고개를 끄덕였다.

"너무 늦게 말해서 미안해. 나도 누군가를 좋아하는 게 처음이라서 서툴렀어. 널 불안하게 하고 싶지 않았는데……."

하준이 미안한 표정으로 지유에게 말했다.

지유는 한참이나 하준을 바라봤다. 잘생겨서 힘들 때가 있다는 것은 지유에겐 새로운 사실이었다. 자신이 겪어 보지 않아서 그런 것이 힘들 거라는 생각을 단 한 번도 한 적이 없었는데 학교 친구들의 반응을 떠올려 보면, 하준의 마음이 이해가 되었다.

"그럼 왜 그날 날 보고 그냥 갔어? 운동장에서 말이야. 나 타이어 끌고 훈련할 때, 그때는 왜 그런 표정으로 간 거야? 내가 너무 못생겨서 그런 거야?"

지유가 용기 내 물었다.

"아니야, 절대 아니야. 그냥 코치님이 널 야단치는 모습을 보니까 다 나 때문인 것 같아서 속상해서 그랬어. 운동하는 네게 내가 좋아하는 음식만 먹게 한 것도 미안했고. 그렇게 좋아하는 운동에 소홀하게 만든 것도 다 내 탓 같았거든. 나 때문에 겪지 않아도 되는 고통을 겪는 것 같아 보는 내내 힘들었어. 네가 그 무거운 타이어를 끌고 가는 모습을 보면서 몇 번이나 뛰어 내려가고 싶었는지 몰라. 내가 대신 끌고 달려 주고 싶었거든. 하지만 그럴 수 없는 거잖아. 게다가 네가 우니까 나도 자꾸만 눈물이 나오려고 해서 그걸 참느라 인상을 쓰게 된 거야. 그것도 오해하게 했다면 미안해. 네 앞에선 멋진 모습만 보여 주고 싶어서 피했던 거야."

하준의 말을 듣고 지유는 몸에서 힘이 다 빠져나가는 듯 했다. 지유는 '진작 말해 볼걸, 그냥 주저하지 말고 처음부터 서로의 마음을 보여 줬다면 좋았을걸.' 하고 생각을 했다.

"하준아, 혹시 말이야, 나처럼 너도 더 멋지고 싶어서 드러내지 않은 점이 있다면 속으로 끙끙 앓지만 말고 얘기해 주면 좋겠어. 난 네가 어떤 모습으로 있어도 절대 실망하지 않을 거야. 넌 그냥 너 자체로 멋지니까."

지유는 경미의 말을 떠올리며 말했다.

"나는 지질한 모습이 한둘이 아닌데. 그래도 괜찮아? 난 네가 생각하는 것처럼 그렇게 대단한 것 하나도 없어. 말을 하다가 내

단점이 튀어나올까 봐 굉장히 조심히 말해. 그리고 해외에 살았다고 다 멋진 건 아니야. 힘든 일도 많이 겪었으니까. 네게 잘 보이고 싶어서 좋은 부분만 편집해서 얘기한 것도 많아. 누구나 여자 친구한테는 잘 보이고 싶으니까."

지유는 하준의 답이 좋았다. 여자 친구라고 말하는 부분에선 가슴이 짜릿했다. 지유는 하준을 보며 싱긋 웃었다.

그리고 하준에게 손을 내밀었다. 하준은 갑자기 허둥거리며 자신의 손을 바지에 급하게 닦았다.

"내가 손에 땀이 좀 많아서……."

지유가 까르르거리며 웃었다.

귀엽다. 남자 친구의 작은 행동 하나하나가 다 귀엽고 예뻐 보였다. 지유가 하준의 촉촉한 손을 먼저 꽉 잡았다.

지유는 하준에게 진작 자신의 본모습을 드러냈어도 하준은 절대 자신에게 실망하지 않았을 것이라고 확신하게 되었다. 어쩌면 하준이를 더 대단한 사람으로 만든 것은 아마도 지유 자신이었을지도 모른다.

이제 상대에게 부풀린 모습을 보여 주지 않아도 되고, 애써 자신이 괜찮은 사람인 걸 증명할 필요가 없어졌다. 있는 그대로의 모습을 받아들여 줄 수 있는 관계가 되었다는 것에도 안도했다. 지유는 뒤늦게라도 자신의 솔직한 감정을 하준이에게 드러낸 것이 다행이라 생각했다.

하준은 이번에도 지유의 집까지 바래다주었다. 아파트 현관 앞까지 왔을 때 처음으로 하준은 지유의 눈을 깊이 들여다보았다. 지유는 드디어 때가 왔다고 생각했다. 지유는 하준이 키스하려 할 때 눈을 감고 있어야 할지 아니면 지긋이 쳐다봐야 할지 고민하고 있었다. 하지만 하준은 전혀 해외에서 자란 아이답지 않게 지유의 어깨를 살짝 안고는 그냥 돌아섰다.

'하, 얘는 도대체 외국에서 뭘 배우고 온 걸까! 너 혹시 중동 지역에서 온 거니? 쓸데없이 영어만 배우고 진짜 중요한 건 하나도 못 배우고 들어오다니! 그런 건 내가 알려 줘야지.'

지유는 하준을 돌려세웠다. 그리고 굿바이 키스를 배우지 못한 하준에게 한국 십 대의 패기 넘치는 키스를 전수해 줬다. 하지만 입술을 너무 급하게 들이대다가 하준의 앞니에 부딪혔다. 각종 동영상과 영화를 보며 연습했을 때는 없었던 돌발 상황이었다. 지유는 온라인 교육의 폐해에 대해 생각했다.

'이론과 실전이 이렇게 다르다, 하준아! 이게 다 너 때문이야! 연습만이 살길인데. 연습을 못했으니. 하준아, 앞으로 우리 연습 많이 하자. 꾸준히!'

지유는 하준에게 의미심장한 미소를 보이며 뒤돌아 잽싸게 엘리베이터에 올랐다. 닫히는 엘리베이터 문 사이로 여전히 멍하니

서 있는 하준이 보였다. 그런 하준에게 지유는 손 키스를 날렸다. 하준이 크게 웃음 짓는 얼굴이 잠깐 보이다 사라졌다.

그리고 그날 밤 지유는 인터넷 창에 '내 남친 연애 고수 만드는 열 가지 방법'을 알아보기 시작했다. 지유의 연애는 'to be continued'이기에.